MARCELO MARIANO

O CASO INCEL

EDITOR: Felipe Colbert

REVISÃO: Equipe Insígnia

CAPA E DIAGRAMAÇÃO: Equipe Insígnia

ILUSTRAÇÃO DA CAPA: Image by Freepik

ILUSTRAÇÃO DA QUARTA CAPA: Designed by rawpixel.com / Freepik

Publicado por Insígnia Editorial
www.insigniaeditorial.com.br
Instagram: @insigniaeditorial
Facebook: facebook.com/insigniaeditorial
E-mail: contato@insigniaeditorial.com.br

Impresso no Brasil.

Dados Internacionais de Catalogação na Publicação (CIP)
(Câmara Brasileira do Livro, SP, Brasil)

Mariano, Marcelo
O caso Incel / Marcelo Mariano. -- 1. ed. --
São Paulo : Insígnia Editorial, 2024.

ISBN 978-65-84839-29-8

1. Ficção de suspense 2. Psicologia I. Título.

24-195976 CDD-B869

Índices para catálogo sistemático:

1. Ficção de suspense : Literatura brasileira B869

Aline Graziele Benitez - Bibliotecária - CRB-1/3129

Dedico este livro ao meu filho Marcelo Vitor, à minha esposa Karla, que sempre me escutou, ao meu pai Ramiro, à minha mãe Lourdes (*in memorian*) e também a todos os meus amigos e familiares. Suas presenças e contribuições foram fundamentais para a elaboração desta história.

Agradeço imensamente aos meus grandes contribuidores de ensinamento Felipe Colbert e Flávia Iriarte. E à Editora Insígnia. Todos foram fundamentais para a construção deste trabalho.

Incel.

Abreviação para a expressão inglesa *involuntary celibates*, ou "celibatários involuntários". É um termo que se refere a indivíduos que se identificam como incapazes de encontrar um parceiro romântico ou sexual, apesar de desejarem isso intensamente. Eles frequentemente atribuem sua incapacidade a fatores externos e podem expressar sentimentos de frustração, raiva e ressentimento em relação às pessoas do sexo oposto.

Capítulo 1.

As lâmpadas lançavam sua luz fria pelos corredores. Com olhos pesados e uma expressão de ansiedade, eu caminhava com passos acelerados e o coração batendo em igual compasso tentando encontrar o lugar exato. Compreendia a urgência do chamado que me havia arrancado de meu sono profundo na madrugada, mas ainda precisava ouvir de alguém.

O relógio digital na parede marcava 04h37. As palavras do telefone ainda ressoavam na minha mente como um eco inquietante: "Por favor, Senhor Nicolas, venha ao hospital". Havia me levantado da cama de sobressalto vinte minutos antes, desorientado com o vibrar do celular e aquela chamada urgente, e busquei com pressa uma roupa para me vestir. Tentei não fazer barulho ou alarde, mas Laura, minha noiva, acordou ao perceber a agitação do quarto de seu apartamento onde, nos últimos meses, eu vivia mais do que no meu. Sem tempo para explicações, disse-lhe que a atendente do hospital havia ligado e que precisava ir. Eu e ela já imaginávamos do que se tratava. Laura se levantou e se vestiu para me acompanhar, embora eu preferisse enfrentar aquilo sozinho.

Meus pensamentos foram interrompidos quando reconheci o homem de jaleco branco se aproximando. O médico plantonista tinha um semblante de quem carregava uma bomba que estava prestes a ser jogada no meu colo.

— Nicolas? — ele me chamou gentilmente, mas sua voz carregava um peso que era impossível de ignorar.

— Dr. Rodrigo! — Engoli em seco e olhei para ele com uma mistura de apreensão e um resto de esperança de que estivesse enganado. Era um homem com idade próxima à minha, que uma semana antes havia me alertado sobre aquele dia. — Por favor, fale logo.

O médico estendeu a mão e a pousou suavemente no meu ombro, num gesto de consolo.

— Não houve mais o que fazer, Nicolas. — Então ele retornou as duas mãos para dentro dos bolsos do jaleco. — Durante a madrugada, Nilza Maria teve uma piora considerável. Com muita dificuldade de respirar, precisamos fazer uma intubação orotraqueal. Buscamos reanimá-la por algumas vezes, mas sem sucesso. Contamos com dois médicos experientes e fizemos várias tentativas de recuperação. Infelizmente, nada surtiu efeito. Dado o quadro, que era muito grave, não conseguimos reverter. Como você sabe, era um caso avançado de enfisema pulmonar.

Meu coração pareceu parar por um momento, minha boca ainda tinha o gosto de uma noite mal dormida. Como a anterior a ela. E a outra. Um acúmulo.

— Eu sinto muito, Nicolas — continuou o Dr. Rodrigo com sinceridade, sua voz carregada de empatia. — Sua mãe faleceu às 3h45m de hoje. Fizemos de tudo para mantê-la viva, mas infelizmente não foi possível. Lamento profundamente.

Apesar de esperar por tudo aquilo, aquelas palavras, reais como concreto e as portas terrivelmente brancas à minha volta, fizeram com que eu olhasse para Laura como se eu estivesse em câmera lenta. Ela ainda estava ofegante pela corrida até ali. E me abraçou.

Era o ensejo para que eu entrasse numa espécie de transe. Eu entendia que deveria estar desesperado ou profundamente triste como qualquer bom filho, mas a verdade é que naquele momento da notícia, não experienciava muita coisa. Fui tomado apenas por um sentimento que não conseguia explicar: um vazio. Profundo, imenso, como se houvesse um buraco em cada sola dos meus pés, impedindo-os de tocar o chão, mas era apenas isso. Não parecia ser verdadeiramente uma perda, e tentei me autoanalisar para descobrir a sua origem: todos aqueles anos como psicanalista, lutando contra pacientes que cultivam seus medos em suas próprias mentes, havia me deixado assim, tão desconectado da realidade? Eu amava minha mãe, é claro, mas a sua incapacidade de resistir ao hábito de fumar dois maços de cigarros por dia deixava uma marca em meu coração. Era frustrante vê-la tão teimosa, recusando-se a me ouvir. E mesmo com tudo que eu aprendera na faculdade e no consultório, eu nada conseguira fazer para ajudar.

Ela era a própria responsável.

Enquanto as lágrimas rolavam pelo rosto de Laura, ainda recebia a presença apoiadora do médico, um quase estranho, mas alguém que acreditava ser necessário compartilhar aquele momento de tristeza conosco. Em seguida, ele nos deixou a sós, dizendo que a atendente poderia nos orientar nos procedimentos.

Laura pressionou ainda mais seu corpo contra o meu antes de se afastar. Ela limpou o próprio rosto e, depois, ergueu as sobrancelhas ao perceber meu semblante inexpressivo.

— Querido... não quer... chorar?

— Está tudo bem — confortei-a.

Enquanto estávamos ali, no corredor do hospital, percebia que as emoções que almejava sentir ainda estavam ocultas, mas talvez esperando o momento certo para emergirem. Por enquanto, era como se estivesse observando a notícia de longe, incapaz de me entregar à tristeza mais óbvia do mundo, a perda de alguém tão próximo, a mulher que havia perdido o marido tão cedo, que financiara sozinha meus estudos, que cuidara de mim, minha companheira de vida e protetora por tanto tempo.

O hospital, antes apenas um local de desconhecidos e procedimentos médicos, agora se transformava em um símbolo de burocracia. E fora assim durante todo o dia seguinte. E o posterior. Novo acúmulo.

Somente quando o túmulo fora lacrado, eu chorei. Lamentei, por um período.

Finalmente, a emoção emergiu.

Após o velório e o enterro, eu e Laura retornamos para o apartamento dela. Sem clima algum para falarmos do nosso casamento, que estava próximo.

Capítulo 2.

— Por acaso, qual foi o motivo de você ainda não ter escrito os seus votos de casamento, Nicolas? — perguntou Teresa, prima de Laura, em seu eterno tom incomodativo. — Se não consegue sozinho, vocês dois podem combinar de fazer isso. Afinal, estão praticamente morando juntos há alguns meses, não é?

Não acreditei quando ouvi aquelas palavras. *Laura não comentou nada com ela?* Fiquei profundamente aborrecido com o tom zombeteiro de Teresa. Já não bastava as minhas costas, que doíam sempre que eu sentava naquelas malditas cadeiras de madeira daquele buffet, e agora, isso.

Todas as vezes que íamos até ali, eu lembrava que havia aceitado Teresa na nossa vida unicamente por se tratar da prima de minha noiva, na qual ela insistira tanto que participasse como nossa cerimonialista. Eu conhecia bem a história das duas. Sempre soube. Laura e Teresa haviam sido criadas praticamente juntas. Teresa era como uma irmã mais velha. E, para mim, Laura tinha uma espécie de dívida com a prima. Dizia, nos tempos em que namorávamos, que, se um dia viesse a se casar com quem quer que fosse, Teresa organizaria tudo. E, então, aquela mulher tinha se tornado a nossa cerimonialista.

Infelizmente, eu e Teresa não íamos com a cara um do outro. Essas coisas acontecem. E Teresa parecia sempre querer me cobrar por algo como uma forma de atazanar a minha paciência.

Por Deus, eu só quero que isso termine logo!

Peguei-me pigarreando, olhando para ela com um olhar irritado. A mulher com cabelos loiros compridos demais para a sua idade e dentes tão brancos quanto os papéis espalhados em cima da mesa roía a tampa da caneta, sentada sobre uma confortável cadeira de escritório — bem diferente das que oferecia às suas visitas —, aparentemente esperando pela minha resposta, que deveria ser uma desculpa ou qualquer coisa parecida. No entanto, somente uma frase atravessada escapuliu da minha boca:

— Você não acha que eu tive coisas mais importantes para lidar recentemente?

Ao meu lado, Laura pousou a mão esquerda sobre o meu joelho, como se quisesse me acalmar. Quando olhei para ela, estava com um sorriso amarelo no rosto.

— Na verdade, Teresa, aconteceu algo grave — ela interveio, a voz chegando tímida, parecendo escolher cuidadosamente as palavras.

— Grave? — Teresa franziu a testa. — O que foi?

— Não precisa se justificar — declarei. Então me ajeitei na cadeira, colocando-me mais de lado. Parecia um aluno do ensino médio com problemas com a professora, mas a verdade é que o momento nervoso pela morte da minha mãe, mais a cobrança de Teresa e o incômodo na lombar tornavam o clima pesado e complicado para mim. — Minha mãe faleceu no sábado.

— Minha Nossa Senhora! — Teresa levou uma das mãos à boca, dando ênfase à surpresa. — O que foi que eu fiz? Eu peço a você um milhão de desculpas, Nicolas!

— Tudo bem — disse, meio forçado.

— Oh, me perdoe, por favor — insistiu ela. — Sinto-me tão envergonhada. É muito compreensível que esteja assim.

E, então, como se nada pudesse ficar pior, Teresa se levantou de sua cadeira e veio me abraçar, o que notei ser apenas um abraço protocolar. Ela não tinha nenhuma relação com a minha mãe.

— Peço, por favor, que me perdoe, Nicolas. Você acabou de passar por um momento como este e eu... bem... eu não sabia. Como sou estúpida.

Nisso nós dois concordamos, pensei enquanto Teresa voltava quase que de marcha ré para o seu assento acolchoado.

— O erro foi meu, que não comentei antes — disse Laura.

— Não há nenhum erro, querida — repliquei, confortando-a com minha mão em sua perna. — Eu estou de cabeça cheia, só isso. Não consegui fazer nada direito. Essa semana tem sido difícil com meus pacientes e nas questões do casamento...

Teresa, de novo com a atenção voltada para os papéis e me interrompendo, falou:

— Bem... peço desculpas... é realmente um momento inadequado... mas podemos abordar outros assuntos? O casamento está marcado para daqui a um mês e ainda há uma lista de decisões pendentes. De qualquer maneira, Nicolas pode escrever os votos mais tarde ou até mesmo encontrá-los na internet, se não estiver se sentindo inspirado...

Não tinha jeito! Aquela mulher parecia determinada a cumprir seus objetivos mais do que qualquer outro evento que pudesse acontecer na face da Terra.

Perguntei-me se ela havia passado por uma perda tão dolorosa. E eu, que já tinha perdido os meus dois progenitores, não pretendia gastar o meu tempo tentando demovê-la daquela reunião já agendada que visava resolver pendências existentes. Poderia prolongar aquilo ou simplesmente seguir o fluxo. Então apenas assenti, de forma tão protocolar quanto o abraço, não querendo estragar o dia de Laura com uma discussão de família. Da família dela, pois a minha, sendo filho único, havia feito de mim um homem solitário.

A reunião continuou com Laura e Teresa discutindo uma lista de detalhes da cerimônia enquanto eu permanecia em silêncio. Minha mente estava dividida entre o luto por minha mãe e os compromissos do casamento. Era um momento desafiador, mas eu estava determinado a encontrar uma maneira de me comprometer plenamente com o amor que compartilhava com Laura, apesar de tudo. Só precisava me concentrar em escrever aqueles votos, não importando o quanto estivesse sofrendo.

Capítulo 3.

Entre o tumultuado encontro com Teresa e o início dos atendimentos em meu consultório particular à tarde, aproveitei para almoçar com a minha noiva e, em seguida, tirei um breve cochilo no sofá da sala do apartamento dela. Enquanto eu descansava, Laura saiu novamente para resolver algum detalhe de uma obra qualquer, que sua profissão de arquiteta lhe exigia. Esse pequeno tempo foi essencial para recarregar minhas energias e aliviar o peso dos últimos dias após a internação e a morte de minha mãe.

Depois de acordar e me preparar, dirigi até o prédio onde trabalhava e entrei no meu consultório para aguardar o novo paciente que havia agendado sua primeira consulta. Após ouvir a movimentação na sala de espera, abri a porta da minha sala.

— Senhor José Geraldo? — perguntei ao homem sentado sozinho na recepção. Já havia retirado a única mesa do local, pois, com os atendimene tos apenas regulares que recebia, não justificava manter uma secretária.

Ele adentrou meu consultório e olhou para o divã.

— É aqui? — perguntou.

— Sim. Fique à vontade.

— Ok.

Encostei-me na minha poltrona de couro marrom.

— Pois não, senhor José, em que posso ajudá-lo?

— Pode me chamar apenas de José, por favor. Sem essa de senhor. Me coloca velho demais. E eu te chamarei de Nicolas. — Ambos sorrimos. Eu concordei com um aceno de cabeça. — Bem, eu confesso que estou um pouco curioso... Eu nunca frequentei um consultório de psicologia. Muito menos de um psicanalista. Mais refinado, certo? É o que dizem por aí.

— Fique tranquilo, José. Pode parecer um pouco estranho no começo, mas depois se torna mais fácil.

— Ótimo, ótimo. Eu recebi a sua indicação através de outro paciente, como lhe disse pelo WhatsApp, e resolvi que era hora de começar. Não quero protelar mais. Quanto mais eu postergo, mais a minha situação com a Luciene piora.

— Quem é Luciene? — perguntei sem olhar para ele enquanto anotava o nome em meu caderninho.

— Luciene é a minha esposa. Nós não estamos bem. Esta é a verdade. É isso que me fez vir até aqui.

— E o que está acontecendo entre você e a sua esposa?

— Eu não estou mais feliz no casamento. Somos casados há 25 anos, eu já tenho 50, ela também. Metade de uma vida juntos. No entanto, agora sinto que gostaria de avançar na minha vida e não consigo.

— Por culpa dela?

— Não, não. Por Deus! — José retrucou, passando a mão na cabeça, porém com cuidado para não desmanchar o cabelo bem penteado para trás. — Luciene é uma ótima esposa. Cuidadosa, carinhosa, grata pela vida que tem comigo... Ela quase não reclama de nada. Mas o sexo não me agrada mais, Nicolas. É o que mais atrapalha.

— Pode ser mais específico?

— Não temos uma relação sexual ou mesmo erótica que seja interessante. Vivemos quase como dois amigos ou irmãos. Entenda o que eu digo: temos grande carinho um pelo outro. Mas a verdade é que a vibração acabou. E, por mais que eu tente, Luciene nunca está disposta. Às vezes, me parece uma coisa...

— O quê? — perguntei, curioso. Havia uma linha de raciocínio que começava a se encaixar, porque muitos casais passam por situações assim. Não seria a primeira, nem a última vez, que trataria um problema como esse.

— A mulher tem uma vida sexual muito ativa quando namora e no início do casamento. Mas, depois do objetivo alcançado, elas não se interessam mais por sexo. É como se usassem seu dote mais precioso para seduzir os homens para, depois, deixá-los a ver navios. E nós... bem, você sabe, não é?

— Isso soa um pouco machista, não acha, José? — recomendei.

— Talvez. Mas é só um pensamento.

— Pois então, você está infeliz no casamento apenas por falta de sexo?

— Não, Nicolas! Não é este o caminho. — José me olhou profundamente. — Você não é casado, não é, Nicolas?

— Não, ainda não.

— Pretende se casar?

— Sim. Estou noivo.

— Talvez seja por isso que você não entende.

— Não entendo... o quê? — repliquei, ajeitando-me na cadeira e deia xando o caderninho repousar sobre o colo.

— Como é ser casado.

— Olha, não posso dizer por experiência, mas posso falar por estudo e por relatos que ouço aqui no consultório diariamente. Mas que tal você me contar como é a rotina de casado?

José parecia me examinar com um olhar de soberba, como se estar na frente de um terapeuta fosse uma questão de desafio. Mas sua fala foi contrária ao que eu esperava:

— Gostei da sua sinceridade, Nicolas. Talvez a gente venha a se dar bem aqui nas sessões. — José se movimentava pouco no divã e, para mim, era para não amassar a sua impecável camisa social. Então, ele disse o que achava: — Não se trata de sexo apenas. Seria algo fácil demais de resolver. É algo maior, algo que se perde. E isso é uma espécie de choro íntimo da mulher, sabe? Ela compreende que alguma coisa dentro dela morreu, e ela vai chorar o luto para o resto da vida continuando casada.

— Você quer dizer que...

— Ela sofre. A mulher. Ela sofre demais dentro do casamento. E não por abuso ou violência. Não é nada disso. Ela sofre por estar casada. A mulher nasceu para ser livre e talvez o casamento seja uma ideia masculina, apenas para o homem conservar uma mulher para si, sabe? Para que cada um possa ter a sua mulher guardadinha, entende como é? E a mulher sabe que nasceu para ser livre. Só tem dificuldade para entender isso pela sociedade preconceituosa em que vive. É perigoso demais ser livre.

— Suas palavras são intensas, José. É uma visão diferente do que costumo escutar dos meus pacientes.

— Eu falo apenas o que eu sinto no coração.

Aquilo havia ficado interessante. Naquele momento, minha mente se afiava e eu voltava a me sentir potente depois de muitos dias. A desventura com Teresa havia ficado para trás. Nem mesmo os pensamentos deprimentes sobre a morte de minha mãe e as questões urgentes do casamento criavam mais conflitos internos. Fiquei interessado em saber mais sobre as ideias de José. Mas, para a minha surpresa, ele anunciou:

— Por hoje, acho que já falei demais.

José girou o tronco e colocou os pés no chão para se levantar. Percebi que o próprio paciente tinha determinado o horário de sua saída.

Ele quer ficar na posição de comando.

— Nos vemos na próxima semana, no mesmo dia e horário? — perguntei, falando com bastante contato visual e colocando meu caderno na mesinha ao lado.

— Sim. Eu gostei de vir aqui. Como já disse, talvez a gente se dê bem.

— Talvez. Então, até a próxima.

Abri a porta para José, que me cumprimentou com um aperto de mão bem forte. E, após ele ir embora, eu me sentei e deixei o corpo escorregar lentamente pela poltrona. Uma reflexão sobre aquele homem e uma leve comparação com o personagem do filme *Psicopata Americano* cruzaram a minha mente. Não entendi muito bem o motivo pelo qual havia pensado naquilo. Talvez, fosse por causa do seu cabelo absurdamente alinhado, tal qual Christian Bale, mas havia outra razão, que só descobriria mais tarde.

Olhei para o relógio. Tinha pouco a fazer nas próximas horas. O que eu entendia muito bem era que precisava colocar minha vida em ordem, começando pelos registros no cartório, que eu faria no dia seguinte. Seria um dos dias mais importantes da minha vida.

Capítulo 4.

Laura e eu nos dirigimos ao Cartório do 2° Sub Distrito de Registro Civil, localizado no centro de Belo Horizonte. Nosso objetivo era registrar o casamento civil para, posteriormente, finalizarmos com a cerimônia religiosa. Para esse momento especial, contávamos com a presença de Fábio e Sávio, um casal de amigos que conhecíamos desde o início do nosso relacionamento, e que haviam aceitado ser nossas testemunhas.

Ao entrarmos no cartório, percebemos que os dois já ocupavam os bancos de madeira rústica que adornavam o interior do local. Apesar da fachada externa despretensiosa, o interior do lugar revelava uma decoração de excelente acabamento em madeira, um contraste notável com a aparência exterior. Feio por fora, bonito por dentro.

Nos cumprimentamos, nos sentamos ao lado dos nossos amigos e enquanto aguardávamos, notei uma movimentação intrigante que capturou a minha atenção: duas figuras bem distintas agiam de forma peculiar, talvez formando um casal improvável. Um homem jovem, aparentando cerca de 35 anos, acompanhava uma senhora de idade, na casa dos sessenta e cinco. Os dois saíram apressadamente pela porta do cartório e percebi que o homem tentava insistentemente argumentar com a mulher, enquanto esta gesticulava com os dois braços. Um desentendimento. Logo em seguida, um funcionário do cartório e o segurança seguiram atrás deles, e um outro parecia estar telefonando para a polícia.

O ambiente estava impregnado de tensão e curiosidade, com várias pessoas observando a cena.

Decidi me dirigir à funcionária do guichê para obter informações:

— Bom dia. Você pode me dizer o que está acontecendo?

— Bom dia, senhor! — respondeu ela. — Parece que o homem queria que a mulher assinasse uns documentos, mas quando entregamos a ela os papéis, ela não conseguiu ler uma linha sequer. Quer dizer, não entendia português. Quando é assim, o cartório não aceita o registro da assinatura de uma pessoa.

— E ele estava bastante alterado...

— Sim. Ao que tudo indica, era um golpe. Foi o que pareceu para nós. Mas ele será pego. Temos todos os dados dele gravados no sistema e também as câmeras de segurança. Temos tudo, endereço, telefones e números de documentos. Mesmo que ele tente fugir, não conseguirá movimentar nada.

— É um grande alívio.

Voltei a me sentar ao lado de Laura, que estava bastante agitada, e relatei, de maneira intermediária, a história relatada pela assistente. Sávio quis saber com detalhes o que era, então contei para todos. Mas a minha atenção estava em Laura.

— O que foi? — perguntei, tentando acalmá-la.

— Como assim, o que foi? — Laura balançava as pernas sem parar e olhava atentamente para a entrada do cartório. — Eles podem voltar, Nicolas. E ele pode vir com uma arma.

— Deixe de besteira. O cartório tem segurança e... — antes que eu pudesse terminar a frase, os dois homens que foram atrás do suposto casal retornaram. A atendente, ao perceber o nervosismo de Laura, saiu de seu lugar e aproximou-se de nós.

— Vocês podem ficar tranquilos! O incidente está resolvido e eles já foram encaminhados para a delegacia para prestar esclarecimentos — aliviou. — Você está bem, querida? — A funcionária estendeu a mão para Laura.

— Estou. — Laura devolveu a gentileza, pegando na mão da funcionária.

— Tome um pouco de água — pediu Fábio, trazendo um copo do bebedouro.

— Obrigada.

— O que vieram fazer aqui hoje? — perguntou a funcionária.

— É o nosso casamento. Ele é meu noivo. — E apontou para mim.

— Como é o nome de vocês?

— Nicolas Machado e Laura Daniele.

— Só um instantinho. — A mulher abriu um tablet e começou a verificar. — Nicolas e Laura... Nicolas e Laura... Achei! Podem me acompanhar por aqui, por favor.

— Obrigada — disse Laura, sorrindo timidamente e acenando com a cabeça em sinal de satisfação. Parecia estar mais relaxada.

Levantei-me junto com nossos amigos e nos dirigimos ao guichê. A funcionária imprimiu dois documentos e os colocou em cima da mesa:

— Por favor, leiam com atenção e, se concordarem com tudo, podem assinar que daremos prosseguimento.

Laura foi a primeira a terminar de ler o documento e assinar. No entanto, na minha vez, algo me deixou inquieto. Fábio e Sávio trocaram olhares, percebendo a tensão no ar.

— O que foi, Nicolas? — perguntou Sávio.

Eu arqueei as sobrancelhas e apontei com o dedo para uma linha específica do documento.

— O que foi? — repetiu Laura.

— Há algo errado, senhor? — interveio a funcionária.

— Sim. Aqui consta o nome da minha mãe e o endereço, mas ela faleceu no sábado. Está declarada apenas a morte do meu pai.

— A sua mãe acabou de falecer? — perguntou a funcionária. — Meus sentimentos!

— Obrigado.

Ela avaliou mais uma vez o papel.

— Bem, senhor, aqui só consta a morte do seu pai, realmente. Empreste-me a certidão de óbito dela, por favor, para que eu possa alterar os dados — disse esticando a mão, enquanto mantinha o olhar atento ao documento.

— Certidão de óbito? — Arregalei os olhos.

— Nossa, nem lembramos... — Laura se adiantou na conversa. — Foi uma correria grande e... — ela se dirigiu à funcionária: — Isso vai ser um problema, moça?

— Sim. Preciso da certidão de óbito para transcrever o registro.

— Tenho apenas o atestado de óbito. Serve? — indaguei.

— Desculpe, senhor, mas são documentos diferentes.

— E quanto tempo demora para emitir uma? — perguntei.

— Creio que em torno de cinco a dez dias.

— Não tem outro jeito de fazermos isso? De registrarmos o casamento e depois apresentamos a certidão? — insisti.

— Não. Vocês precisarão da certidão. Mas podemos já marcar para outra data — disse ela, tentando dissipar o clima ruim.

— Então, só para esclarecer, desculpe, mas... quer dizer que nós não nos casaremos hoje, correto? Que só é possível com a certidão de óbito?

A mulher já segurava o tablet na mão.

— Sim, senhor. O casamento é um acordo que vocês fazem um com o outro. Por isso, precisamos deixar toda a documentação alinhada. Se houver algum furo, isso pode alterar a vida de vocês, caso, sei lá, vocês venham um dia a se separar. — Então, ela aconselhou: — Eu recomendo que vocês já reagendem conosco, pois nesta época temos muito movimento no cartório. Posso marcar a nova data?

Cruzei os braços, sem acreditar. Uma coisa tão simples. Tão banal. Provar para outra pessoa que a minha mãe havia morrido. Que ridículo! Eu queria muito insistir, dizer que não passava de uma baboseira e que eu tinha Sávio e Fábio ao nosso lado para testemunharem o ocorrido, mas era ingenuidade minha supor que um cartório seria sensível a ponto de fazer alguma coisa sem ter todos os documentos em mãos. Também era difícil aceitar que a perda de alguém tão próximo pudesse se resumir a uma simples intervenção e uma marcação em uma agenda.

Laura sempre tentava me acalmar nessas horas. Ela, talvez, temesse que eu falasse mais rispidamente com a mulher, não sei. E deu sua declaração final:

— Pode marcar, sim.

A funcionária assentiu de maneira indiferente, como se fosse apenas mais uma formalidade a ser cumprida durante o expediente daquele dia. Nada naquele lugar transmitia a compaixão ou a compreensão que eu podia esperar. Era apenas mais um passo a ser dado, mais um carimbo a ser colocado em um papel. Só que, para mim, era como se o peso da culpa de ainda não ter emitido aquele simples documento curvasse os meus ombros, minhas costas.

A mulher se voltou para mim:

— Tenho vaga para daqui a mês. Pode ser?

— Somente daqui a um mês?!

— Infelizmente, sim. Estamos entrando em maio, mês das noivas. Vocês não tem ideia de como isso fica cheio — declarou.

— Isso vai quase coincidir com a cerimônia — Laura falou.

— Não há outra opção? — supliquei.

Ela balançou a cabeça negativamente.

— Bem... Ok, então — confirmei com um sorriso amarelo e dando dois tapinhas gentis no dorso da mão de Laura.

A funcionária largou o tablet e corroborou com todos. Nossos amigos, Fábio e Sávio, assistiram todo o desfecho completamente calados.

— Tenham um bom dia. Só lembrando que precisaremos de todos vocês aqui novamente.

Ninguém se opôs à recomendação da funcionária. Pelo contrário, saíu mos calmamente e mudos. Lá fora, combinamos de nos reencontrar na data proposta.

Capítulo 5.

Ao dirigir meu carro em direção à rua onde minha mãe morava, uma sensação de que tudo ia mal me consumia. Essa sensação permeava meus esforços, fosse na organização da cerimônia, no cartório ou sei lá onde.

— Eu não cuidei bem da senhora, mãe? Ou a culpei demais por causa do cigarro? — falei alto dentro do carro, com os vidros fechados. Logo depois, corrigi-me: — Desculpa! Não foi nada disso! Eu nem sei o que foi! Eu só sinto a sua falta!

No sinal fechado, descansei a minha cabeça no volante. Minhas mãos deslizaram por um segundo, repousando nos joelhos. O ar condicionado intensificou o estado gélido do meu coração naquele momento.

— Sinto muito a sua falta, mãe! Sinto muito...

A ameaça de choro tenso e nervoso parou quando as buzinas dos carros atrás de mim romperam o silêncio. O semáforo ficou verde e segui em frente.

Ao chegar, observei a casa onde minha mãe costumava viver, repleta de memórias da minha infância. Passei o antebraço na testa, sem acreditar que não a encontraria mais ali dentro. Abri a porta do carro, descolei-me do banco do motorista e precisei de uma força inumana para levantar os meus pés em direção ao imóvel.

Foi quando escutei meu nome ser chamado:

— Nicolas? É você?

Subitamente avistei Ohana, meu antigo amor de infância, descendo de um Uber quase em frente à casa. *O quê? Ela ainda mora por aqui?*

Por alguns instantes, foi como se o tempo tivesse parado. A sensação era como se, de repente, eu estivesse percebendo os detalhes de uma pintura a óleo que já havia contemplado diversas vezes, mas nunca antes havia realmente observado. Permanecia a mesma menina bonita, loira e de sorriso fácil, mas agora num corpão de mulher.

— Ohana! — murmurei, surpreso e emocionado. — Eu não acredito.

Nossos olhos iluminaram ao confirmarmos o reconhecimento um do outro.

Nos abraçamos calorosamente. Avistar Ohana, naquele instante me fazia reavivar lembranças tão boas quanto na época em que éramos próximos.

Quando nos entrelaçamos, pareceu haver mais força que jeito, mais ternura que amizade e mais sentimento que reencontro de amigos. De olhos fechados, senti profundamente o calor do corpo dela.

Naquele instante, o mundo fechou as cortinas e saiu de cena. Ao dar os tradicionais três beijinhos, o último deles resvalou no canto da minha boca.

— Quanto tempo não nos vemos? Sei lá, quinze anos? — acenei com a cabeça, sorrindo bobo.

— Pois é! — respondeu ela, também um tanto desconcertada. — Também não sei. Quando eu vi que era você, pedi ao motorista para descer aqui. Mas que bom te ver. Parece que está bem. Me conte o que anda fazendo...

— Vim até a casa da minha mãe pegar umas coisas...

Ohana me interrompeu:

— Oh, sinto muito, meu amigo! Eu fiquei sabendo da morte dela. Eu me lembro bem da sua mãe, mas fazia tempo que não nos víamos!

Quando vi que Ohana iria se prestar a um gesto de consolo, agradeci e quis mudar logo de assunto:

— Mas me conte de você. Já casou? Tem filhos? Estudando, trabalhando?

— Não casei, não tive filhos e me formei, sim. Quer dizer, não chega a ser uma formação acadêmica, uma graduação, mas me formei. Sou artista plástica. Você deve ser psicanalista agora, não é? Lembro que só falava sobre isso...

— Sou, sim.

— Você sempre quis ser psicanalista. Realizou, né? Isso é bom.

— Sim. E eu me lembro do quanto você era criativa. Artista plástica, nossa... que importante...

Ela deu um tapinha no meu peito.

— Para, Nico, não é nada demais! E você, se casou?

— Não exatamente, mas estou perto. — Mostrei a aliança de noivado no dedo.

— Oh, que novidade. — Pareceu surgir na voz dela uma pontinha de ciúmes. Ou era apenas a minha impressão? — Você está ocupado agora? Quer dizer, nós podemos almoçar juntos em algum restaurante e... quer dizer, só se puder, claro.

Ao ouvir aquilo, uma vontade de conversar sobre a nossa infância e adolescência cresceu em mim. Uni as memórias da minha mãe e de Ohana, lembrando-me de uma época mais feliz e tão diferente do presente. *Se eu pudesse voltar ao passado...*

— Não posso, Ohana! Infelizmente. Depois daqui, preciso dar um pulo no cartório para emitir uma certidão de óbito da minha mãe. Sem isso, não caso com Laura.

Ela sorriu compreensivamente.

— Laura! — disse, com ênfase.

— Laura Daniele. Arquiteta — falei, com um pouco de orgulho.

— Arquiteta! Quem diria... Tudo bem! Nos vemos em outra ocasião. Foi ótimo te encontrar assim, ao acaso.

— Foi ótimo mesmo — respondi.

Trocamos nossos números de telefone para marcar um reencontro, mesmo que eu não acreditasse que fosse acontecer. Nos despedimos com um último abraço e um olhar cheio de significado pelo que passamos juntos. Então peguei algumas coisas na casa de minha mãe e retornei para o carro.

Após o encontro com Ohana, enquanto dirigia de volta para a minha vida cotidiana, uma enxurrada de emoções e pensamentos preenchia o meu ser. O peso que carregava antes daquela inesperada visita ao passado parecia ter se dissipado, substituído por uma mistura de nostalgia e de gratidão pelos bons tempos. Ohana, com seu sorriso familiar e caloroso, havia trazido à tona lembranças que estavam adormecidas em algum canto da minha mente. Aquela sensação de reencontro, de reviver momentos que marcaram a infância e a adolescência, me fazia perceber como a vida é repleta de ciclos e conexões inesperadas. E como Ohana estava maravilhosa!

Ao me deparar com as ruas familiares do bairro em que vivi a minha juventude, percebi que o diálogo entre nós tinha criado um parêntese no turbilhão de preocupações que dominavam o meu dia. As palavras dela, o calor do seu belo corpo e a troca de olhares significativos me deixaram com uma sensação de renovação, como se uma paleta de cores vibrantes tivesse sido injetada em minha rotina cinzenta. E eu me senti infantilmente amado.

Capítulo 6.

— Preciso falar com você — disse Bernardo, meu advogado e amigo, ao celular. Seria a pessoa responsável por fazer o inventário da minha mãe.

— Estou com pressa, mas pode falar. — Depois de ter conseguido dar entrada na certidão de óbito, eu caminhava na rua em direção ao meu consultório. Tinha almoçado rapidamente e estava com pressa para a consulta das 13h00. Não podia me dar ao luxo de perder o cliente. Mas o discurso de Bernardo me intrigou.

— Não é um assunto que se conversa assim, cara — contra-argumentou ele.

— Mas agora não posso. Estou bastante ocupado. Melhor conversarmos outra hora, então? Depois eu te ligo.

Ele ficou em silêncio. Percebi que estava sendo ríspido e que ele só queria dizer algo importante.

— Espera aí, espera aí! — Levei a mão à testa enquanto parava próximo ao restaurante ao lado do edifício onde ficava a minha sala. — Eu posso te ligar daqui a pouco... Deixa eu só chegar no meu consultório, tudo bem?

— Pode ser. Mas não demore. É importante.

— Ok!

Poucas vezes eu notava apreensão na voz de Bernardo. Costumávamos nos comunicar bastante por mensagens, tudo entre nós se resolvia assim. Ninguém telefona para uma pessoa mais, se não for necessário. *Até encontros são organizados pelos aplicativos ou redes sociais hoje em dia.* Deveria ser algo importante mesmo para ele me ligar. Sendo assim, fiquei curioso e o bom humor que trazia desde o reencontro com Ohana fora substituído pela preocupação da ligação.

Apressei o passo e, atabalhoado, pisei numa poça enquanto atravessava a rua com pressa.

— Merda! — disse eu.

Entrei no prédio e o porteiro Heleno me observou puxar a barra da calça molhada. Como era um funcionário muito solícito, se adiantou a buscar um pano para acudir:

— Senhor Nicolas, o senhor precisa de ajuda? — disse.

— Não, Heleno! Agradeço. Foi só uma poça d'água. Logo seca, obrigado.

— Não tem de quê, senhor. Se precisar, leve esse paninho.

Eu ri com a gentileza.

— Obrigado, Heleno, mas não é necessário!

— Pode contar com a gente — disse e voltou ao seu posto, em frente ao computador com câmeras de segurança.

Entrei no elevador e puxei um dos lados da calça como se ela fosse secar mais rápido ou algo parecido. Retornei meus pensamentos para a chamada de Bernardo. *O que será que ele quer? O que pode ser tão importante assim?* Então abri a porta do consultório, busquei uma toalhinha de papel no banheiro para secar a calça, já nem tanto molhada mais, e me sentei para ligar para o meu amigo:

— Bernardo, me desculpe! Peço perdões sinceros.

— Não tem problema. A sua cabeça não está boa faz tempo.

Eu ri.

— Então, o que se passa? Por favor, não me diga que tem algo errado com a documentação do casamento? Já está acontecendo coisa demais...

— Não, não é isso — respondeu Bernardo.

Percebi um tom mais sério e me ajeitei na poltrona com os olhos retos em direção ao relógio que ficava na parede branca do consultório, que se aproximava do horário da consulta. Logo o meu paciente do dia estaria por ali. — Trata-se da herança deixada pela sua mãe — complementou.

— Ah, é sobre isso! Não se preocupe. Já falei com Laura a respeito. Nós temos a nossa vida organizada. Eu entregarei o apartamento que alugo, já que quase não vivo mais lá. Passo todo o tempo no apartamento de Laura. E vamos dar um jeito na casa antiga da minha mãe.

— Nicolas, calma aí... — Bernardo aumentou o tom da voz. — Sua mãe não tinha apenas a casa onde ela morava. Dona Nilza tinha um dinheiro guardado e você precisará pensar no que fazer com ele.

— De quanto estamos falando?

— Cerca de quinhentos mil reais, meu amigo.

— O quê?! — Me assustei tanto que quase caí da poltrona. Ao mesmo tempo, escutei passos na recepção. Meu paciente havia chegado. — Estou em estado de choque, Bernardo. Ela nunca me contou.

— E talvez não quisesse — prosseguiu ele. — Acho que ela esperava que você tivesse filhos e que deixaria tudo pra cuidar deles, não é? Coisas de avó, você sabe...

— Pode ser. Mas, desculpe, Bernardo, eu preciso desligar. Tenho atendimento agora. Mas eu entendi a sua urgência em falar comigo. Realmente, eu não fazia ideia. Vamos falar direito sobre isso.

— Só mais uma coisinha.

— Sim?

— Acho que você ainda não deve contar a Laura, pois eu preciso ter mais certeza do que fazer, ok?

— Mais certeza do quê? — perguntei.

— Depois explico.

— Tudo bem. Por enquanto, prometo ficar calado.

Após encerrar a chamada com Bernardo, permaneci sentado por alguns minutos, processando as informações que havia acabado de receber.

A notícia sobre a herança deixada por minha mãe foi como um abalo sísmico emocional, agitando as estruturas da minha compreensão sobre a vida dela. *Como D. Maria conseguiu esconder esse dinheiro de mim? E por quê? Talvez um seguro de vida do meu pai, não sei... Será que ela planejava mesmo que eu descobrisse apenas quando tivesse uma família?* No final da vida, como quase não podia mais falar por causa do enfisema, não havia me contado nada.

Aquilo era mais que uma simples quantia, era um legado que me conectava ao passado, às escolhas da minha mãe e às expectativas que ela depositara em mim. Mas a ideia de esconder de Laura começou a me atormentar. Nossa relação sempre fora baseada na transparência e na confiança, e agora eu me via diante de um segredo que não queria manter. Era uma sensação estranha: por um lado, esse dinheiro viria em boa hora; por outro, eu não poderia compartilhar minha felicidade com a mulher que eu amava.

Enquanto olhava para o relógio na parede do consultório, tive a impressão de que aqueles ponteiros continuavam a se mover implacavelmente, e percebia o meu atraso, assim como as decisões que eu teria que tomar. A sala estava repleta de silêncio, quebrado apenas pelos ruídos distantes do paciente na recepção e pela respiração irregular que eu tentava controlar.

Diante desse turbilhão de pensamentos, compreendi que, assim como os ponteiros do relógio continuam avançando, eu também precisava seguir adiante, enfrentando as escolhas que se apresentavam e construindo o meu caminho através das surpresas da vida; como essa agora, que parecia vir em forma de avalanche. Então me levantei, balancei pela última vez a barra da calça e fui atender o meu paciente.

Capítulo 7.

Passada mais de uma semana do falecimento da minha mãe, eu já me sentia um pouco melhor. A cabeça não pesava tanto, e os momentos intensos de saudade não me abatiam durante o dia. Poderia, pouco a pouco, retomar a vida como era antes, com rotinas bem direcionadas e organizadas. Laura, por outro lado, se mostrava preocupada comigo e, sempre que podia, fazia questão de puxar assunto: "Sua mãe era uma pessoa muito boa... eu sonhei com ela... ela ajudava muita gente... ela adoraria ter netos...".

Enquanto ela insistia, parecendo sentir a necessidade de falar sobre a sogra, eu abria apenas um sorriso despretensioso, como se aceitasse escutá-la e, ao mesmo tempo, já tivesse superado. Não que eu agisse assim completamente, afinal, a morte de uma mãe não era algo para se esquecer tão rápido. Mas eu preferia pensar que D. Maria gostaria de me ver seguindo em frente e feliz. Esse pensamento me bastava. Sendo assim, para mim, era melhor que a vida voltasse ao normal rapidamente e eu pudesse avançar conforme o planejado.

Sem contar que ainda escondia dela a notícia da herança...

Sob esta perspectiva, resolvi tirar o sábado para colocar as minhas coisas em dia. Adiantei-me para o café da manhã e saí para fazer uma caminhada matinal, pretendendo manter a cabeça no lugar. Ao voltar para o apartamento, tomei um banho na suíte enquanto Laura arrumava suas roupas no armário do quarto. Vesti uma roupa leve, dei um beijo silencioso nela e fui me acomodar no sofá da sala com papel e caneta na mão. Laura permaneceu atenta às roupas que espalhava na cama.

— Querido papel — dizia eu, rindo e tentando falar em tom baixo —, me dê o poder de pensar no que escrever nesse momento. Preciso pensar em alguma coisa rapidamente ou teremos outro encontro desastroso com Teresa. O que eu escrevo? O que eu escrevo?

— Está falando sozinho, querido? — perguntou minha noiva, surgindo inesperadamente, passando em direção à área de serviço com uma muda de roupa nas mãos. Provavelmente colocaria na máquina de lavar.

— Não é nada, amor.

— Não pega bem um psicanalista falando sozinho, certo? — dessa vez, parecia que havia uma soberba infantil no ar, mas era algo simples de compreender. Laura parecia irritada com algumas coisas. No ramo da arquitetura, e por lidar com obras e clientes exigentes, muitas vezes os finais de semana eram consumidos por serviços. Finais de semana, inclusive, que são os melhores dias para se almoçar e jantar a trabalho. Eu não ficava muito contente com isso, mas entendia a necessidade e o mau humor da minha mulher.

— Nada demais — respondi, sem dar muita bola para o incômodo dela. — Estou só pensando alto. Aliás, isso faz bem, pois mostra que eu não passo de um neurótico comum. Você deveria estar grata por isso — levei numa boa.

— Eu estou, pode ter certeza. — E sumiu pela porta.

Voltei a minha atenção para o papel. *O que eu escrevo? Vamos lá!* E rapidamente me veio uma lembrança de uma cena de amor com Laura. Eu, recém-formado em Psicologia, dava aulas para um curso técnico. Neste dia, chovia muito do lado de fora da escola, e eu não tinha levado um guarda-chuva, muito menos possuía um carro. Laura já morava sozinha, bem perto do curso, e ambos tínhamos combinado de nos encontrar depois da aula. Ao término, percebi que a chuva não pararia e eu me veria obrigado a caminhar a pé até o apartamento dela. Uma caminhada de aproximadamente três ou quatro quarteirões. Como se poderia imaginar, cheguei ensopado e, quando Laura me viu, tratou de arrancar as minhas roupas e me colocar debaixo do chuveiro de água quente para que eu não pegasse um "resfriado". Providenciou também uma toalha e, quando foi levá-la até o box do banheiro, puxei-a com roupa e tudo mais, para debaixo d'água. Ali, fizemos amor e gozamos juntos intensamente.

Fiquei embasbacado ao lembrar dos detalhes daquele dia. Nunca mais fizemos amor como aquele. Tal lembrança me fez perceber que o momento, da forma como foi, poderia ser considerado o dia mais marcante da vida dos dois. Pelo menos, para mim, era. O cuidado dela para comigo, a vontade de nos vermos, meu ímpeto de puxá-la... Fora intenso. Fora bonito. Fora romântico.

Peguei a caneta com força e, tendo os olhos brilhantes, comecei a escrever os votos de casamento em alta velocidade. Empolguei-me. Escrevi como um menino fazendo uma carta para a namoradinha da quinta série.

Laura voltou da área de serviço quando eu terminava.

— O que é isso? — perguntou ela.

— Nada. — Sorri e apertei o papel com a mão direita.

— Como nada? Deixa eu ver. — Laura se esticava, subindo cada vez mais no sofá, na vã tentativa de tentar pegar o papel. Eu não deixava. — Para, deixa eu ver isso aí... — dizia ela. — Aposto que é o telefone de outra mulher — ela brincava e se esforçava mais e mais. Estávamos nos divertindo. No entanto, ao se levantar bruscamente do sofá, a sua blusa branca, com estampa da Minnie, ficou presa num pedacinho de ferro solto do abajur da mesinha e rasgou. — Merda! — disse ela enquanto segurava a blusa. — Olha no que deu.

— Bobagem, querida. Depois compramos outra. — Tentei apaziguar, pois sabia que Laura gostava muito daquela blusa.

— O que é isso que você estava escrevendo?

— São os votos de casamento.

— Deixa eu ver.

— Não. São os votos para o casamento e não os votos para antes dele.

— Que saco! — Laura caminhou direto para o quarto batendo os pés e se trancou. Não entendi nada. Corri até a porta.

— Está tudo bem, querida?

— Está. Pode me deixar trocar de roupa, por favor?

Preferi me afastar. Depois de um tempo, ela saiu do quarto totalmente produzida e colocando o brinco na orelha direita.

— Preciso te dizer uma coisa — disse ela.

— E o que é?

— Experimentei os malditos petiscos da festa e não gostei de nenhum.

— Nenhum?

— Nenhum. Estou lembrando disso porque era para a gente compartilhar os afazeres do casamento, não é? Pois bem, você escreveu os votos e eu experimentei os petiscos enjoativos. Estou compartilhando com você, mas parece que você prefere não compartilhar o que faz...

— Não é nada disso, amor. Quer que eu te mostre?

— Não precisa mais. E outra: vou sair para almoçar com cliente. Um novo trabalho. Se você quiser ir, fique à vontade — disse ela aumentando o tom esnobe.

— Não dá, amor! — respondi calmamente para não piorar as coisas. — Preciso fazer uns relatórios ainda hoje. É melhor fazer agora para, depois, quando você voltar, a gente ter um tempo livre.

— Ok — disse ela, dando um beijo seco em mim e saindo apressadamente pela porta da sala.

Enquanto eu permanecia parado em frente à porta que minha noiva havia acabado de bater, pensava se não teria sido melhor se eu tivesse aceitado ir. Será que tudo isso era só por causa dos petiscos da festa? Não era para tanto. Quer dizer, não mostrar os votos tinha sido apenas uma questão de que nem mesmo eu sabia se o que escrevera seria a versão final. Além disso, votos de casamento são para ser lidos na cerimônia e não antes, não é? Por que ela tinha que forçar a barra? Para que todo esse imbróglio? Só havia servido para ela rasgar sua camisa preferida e ter saído ainda mais chateada pela minha recusa ao convite para o almoço. Ou será que havia algo a mais?

Besteira. Acho que não.

Sabia que Laura se acalmaria e voltaria outra pessoa. A minha presença num almoço com novo cliente, inclusive, poderia piorar. E o que eu menos queria agora era uma reunião chata sobre como fazer uma obra em uma casa ou escritório.

Capítulo 8.

Era uma segunda-feira tumultuada no meu consultório. Resolvi reagendar, para o mesmo dia, todos os pacientes de uma só vez, para que tivesse tempo livre nos próximos dias da semana para resolver compromissos pessoais e relacionados ao casamento. E, para começar aquela segunda, meu primeiro paciente era um adolescente em estado de desequilíbrio emocional. Segundo a mãe, ele havia abandonado a escola, não saía de casa e também não recebia visitas. Esta, inclusive, havia combinado um primeiro atendimento online do filho comigo para que nós dois nos conhecêssemos. Era uma mulher chamada Sílvia, preocupada e interessada em saber se o filho cometia ou não crimes cibernéticos, pois ele não saía da frente do computador. Pedira incessantemente que eu abordasse tal assunto com ele. E, mesmo depois de explicar que os atendimentos eram sigilosos, ela insistiu que pelo menos eu tentasse tirá-lo de casa.

Cheguei mais cedo que o habitual no consultório. Liguei uma música relaxante na recepção, acendi as luzes e tranquei a porta que separa a recepção da minha sala. Em seguida, liguei o ar condicionado, bebi apressadamente um copo de água e peguei a parafernália para executar o atendimento. Tirei do armário a luminária redonda de luz LED e também o meu tripé de montar. Instalei-os em frente à minha poltrona, deixando-a na altura exata para quando estivesse sentado. Logo depois, encaixei o celular. Estava tudo pronto.

Eu não escondia a ansiedade, afinal, não era muito adepto aos atendimentos online. E tinha sido advertido pela mãe que o garoto era um especialista em informática. Ela suspeitava que o filho fosse um hacker, que andava invadindo computadores por aí, mas a verdade é que eu entendia muito pouco sobre essas coisas.

Peguei uma balinha de menta em cima da mesa, coloquei na boca e iniciei a vídeo chamada:

— Bom dia! — disse eu.

— Pode sair, mãe! — o adolescente disse para Sílvia, que estava de pé atrás dele e com as mãos colocadas em cima de sua cadeira gamer, como se quisesse acompanhar o atendimento.

— Sim, querido! Vou sair — respondeu ela, voltando-se para a porta enquanto caminhava lentamente.

— Bom dia, doutor — respondeu Paulo após ficar sozinho. Dessa vez, aprovei ser chamado de "doutor". Ele era bem mais jovem que eu.

— Bem, Paulo, confesso que, depois de conversar com a sua mãe, eu fiquei interessado em te conhecer. Como você está?

— Hum... Ela deve ter contado um monte de mentiras sobre mim, não é?

— Depende do que você acha que é mentira ou não. Ela começou me dizendo que você é mestre nos computadores.

— Mestre, não. Eu entendo bem. Entendo criptografia — disse, ainda parecendo ressabiado.

— Você me parece ser um cara inteligente.

— Foi minha mãe quem também disse isso?

— Não, mas tenho certeza de que Sílvia pensa o mesmo.

— É que, na verdade, a minha mãe não vê isso como uma coisa boa. Não sei de onde ela tirou isso, mas ela acha que eu entro nos computadores das pessoas e dou golpes — disse, sorrindo com desdém. — Ela chegou a falar que um dia a polícia iria bater na nossa porta e seria por minha culpa, que estariam à minha procura. Você acredita?

— E você consegue fazer essas coisas, se quiser?

— De entrar nos computadores dos outros e hackear?! Sim! Mas não faço isto. — Paulo pressionou com o dedo a haste central dos óculos para encaixá-lo de volta ao rosto. — Quer dizer, não mais...

— Bem, eu não me importo com o que a sua mãe disse.

— Como assim, não? — Paulo estranhou a afirmação. — Então, por que estamos aqui?

— O que eu quis dizer foi que ela me procurou, então eu achei prudente ouvi-la, mas nada do que ela disse me chamou muito atenção, a não ser uma coisa.

— E o que é?

— Que talvez você quisesse mesmo conversar comigo.

— E por que eu iria querer?

A princípio, Paulo parecia um adolescente normal. Se achei que seria uma conversa com um menino irônico e debochado — tal como o adulto José Geraldo me parecia ser —, agora eu tinha ficado curioso com o que ele escondia atrás daqueles óculos intelectuais, o motivo de tanto isolamento. E era bom quando eu sentia que o paciente estava mais do meu lado do que contra. No entanto, outra coisa chamou a minha atenção no momento: havia acabado de cair uma mensagem na tela do meu celular enquanto eu olhava fixamente para a tela. Não conseguira ler direito, mas fiquei imaginando que se tratava de Laura.

Continuei o atendimento:

— Muitas vezes precisamos conversar com alguém sobre assuntos que não podemos falar com os nossos pais — levantei a bola, esperando que ele continuasse.

— É por aí — atentou-se Paulo, demonstrando que o problema deveria residir justamente na relação entre ele e a sua mãe. — Minha mãe sempre fala merda! E ela me encheu tanto o saco para falar com você que acabei aceitando.

Eu tentei anuviar:

— Como eu disse, eu não me importo com o que sua mãe fala, importo-me apenas com o que você me diz e sobre a sua vida. Estou aqui para conhecê-lo. Mas temos que dar crédito a ela, certo? Quer dizer, se ela não me procurasse, quem garante que estaríamos conversando agora?

— Hum... ok! — respondeu o adolescente, ainda reticente. Entretanto, surgiu novamente uma notificação no meu celular, que eu tentei abrir num movimento brusco e nervoso. Paulo questionou: — O que está fazendo? Por acaso, a minha mãe está enviando mensagens para o senhor, do outro quarto? Mãeee... — gritou por ela, depois de se levantar da cadeira gamer.

Nessa hora, aproveitei para ler rapidamente as mensagens de WhatsApp. A primeira mensagem dizia:

Bom dia, doutor!

E a segunda:

Não imaginei que ficaria tão feliz em te ver. Sinto que o tempo não passou. Foi muito bom reencontrá-lo. Beijos, Ohana.

O meu coração disparou ao ler o nome de Ohana. Havia pensado apenas em Laura, não nela. No entanto, fui tomado novamente pela ansiedade logo que Paulo retornou à sua cadeira. Vi-me dividido entre a responsabilidade de atender o paciente e a emoção de ter Ohana por perto, mais uma vez, depois de tanto tempo. Foi quando Paulo interrompeu os meus pensamentos:

— Não foi a minha mãe, doutor — disse, voltando a se sentar. — Me desculpe. Podemos conversar tranquilamente. O celular nem estava na mão dela.

— Sim, sim... — eu tentava me reconectar ao paciente. — Eu... quer dizer... você não gosta mesmo que a sua mãe participe da sua vida, não é?

— Não — respondeu ele, desviando os olhos para o lado. — Ela sempre se intromete na minha vida e isso enche o saco. É como se ela quisesse que a minha vida fosse exatamente como ela planejou, mas... escuta só... eu soube pelo meu pai que ela teve uma vida ruim com a própria mãe dela também e...

Paulo falava. Eu acenava que sim com a cabeça, mas a minha mente tinha voltado a vagar para outro lugar. Pensava em Ohana e como nosso reencontro havia transformado o meu humor.

Poucos dias antes, momentos tão confusos haviam surgido que eu não imaginava que algo aparentemente simples me deixaria tão animado. Minha mente corria para longe, para lembranças da minha juventude com Ohana. Recordei-me do nosso primeiro beijo. Ou melhor, do momento em que nossos lábios se tocaram no corredor do prédio e fomos flagrados pela mãe dela! Depois disso, ficamos um tempo sem nos ver. Sem querer, deixei um sorriso escapulir

— Isso é engraçado, doutor? O senhor tá sorrindo...

— Desculpe, Paulo. É só uma expressão de quem está ouvindo... — falei um pouco desconcertado, mas era extremamente normal escutar mais os pacientes do que dizer qualquer coisa em minhas sessões.

Ele se aproximou da câmera.

— Eu não quero mais continuar falando da minha mãe. Ela fica aqui no quarto do lado. Depois que fui até lá, deve estar com o ouvido encostado na parede. Não quero que fique bisbilhotando.

— Eu tenho uma solução para isso: venha aqui para uma sessão presencial comigo.

— Você está dizendo... em sair de casa?

— Não é simplesmente sair de casa. É vir conversar comigo, ora. Sem a presença da sua mãe por perto. Vai se sentir mais seguro. O que acha?

— Eu... eu... — Paulo girava na cadeira de um lado para o outro. Sabia que era uma barreira a ser rompida, e nada melhor do que justificá-la com o que parecia ser o maior dos problemas do rapaz no momento.

— Para ficar longe da sua mãe, Paulo! Nesta sala, seremos apenas você e eu. Posso até trancar a porta do consultório para termos mais privacidade. Então, posso contar com você?

— Acho que sim... — ele respondeu sem tanta convicção, mas com um fundo de verdade no cenho.

— Ótimo! — respondi satisfeito com o progresso para o momento.

Ao encerrar a chamada, experimentei uma sensação de realização que contrastava com o início da sessão, quando Paulo parecia desmotivado. Agora, havia alcançado sucesso ao encontrar uma maneira de incentivá-lo a sair daquele quarto escuro. *Confiança*. Fora uma reviravolta notável. Contudo, ao refletir, também reconheci o risco de voltar a perder o foco do caso dele ou de qualquer outro como aconteceu quando me distraí com as mensagens de Ohana.

Surgiram questionamentos sobre as intenções e pensamentos dela, e até mesmo a suspeita de um possível flerte. No entanto, rapidamente descartei essa ideia, pois minha vida atual envolvia Laura, com quem compartilhava minha iminente jornada rumo ao casamento.

Tudo parecia sem sentido. Uma possibilidade mais plausível seria que Ohana sentisse saudades, não do romantismo, mas da época em que éramos simples crianças, brincando juntos e criando memórias na rua. Essas lembranças ecoavam em sua mente, assim como ecoaram na minha no dia em que a encontrara.

Na encruzilhada de decidir se responderia ou não às suas mensagens, escolhi deixar essa questão de lado e prosseguir para o próximo paciente.

Capítulo 9.

Era dia de rever José Geraldo, o grande poeta do casamento. Eu conjecturava que ele poderia ser excessivamente orgulhoso para admitir ajuda em um assunto como esse. Talvez, por se considerar um conhecedor das nuances femininas, acreditasse que não deveria recorrer a outro homem para auxiliá-lo. Nesse contexto, cheguei a ponderar sobre a possibilidade de encaminhá-lo para uma analista do sexo feminino. No entanto, minha intuição como psicólogo me indicava que seria mais benéfico mantê-lo ali, próximo a mim, pois acreditava que José progrediria melhor com a minha abordagem.

Dessa vez, ele não quis aguardar na recepção.

Bam-bam. Deu duas batidas na porta da minha sala. Abri.

— José, por favor, entre.

— Desculpe, Nicolas, mas hoje estou com pressa. — O homem se lançou quase completamente sobre o divã.

— O que houve?

Os olhos de José se desviaram em direções distintas, como se ele estivesse tentando falar, mas incapaz de encontrar as palavras. Sua preocupação era evidente. Ele começava a dizer "é...", mas ficava em silêncio por segundos. Optei por não interromper.

Dessa vez, ele parecia menos preocupado com sua camisa impecável. José se mexeu de um lado para o outro no divã, pegou uma almofada e, ao colocá-la em seu colo e abraçá-la, começou a falar:

— Eu traí a minha esposa!

— Hein? — Minha fala não era de espanto, mas sim porque José havia dito aquilo tão baixo que não fora possível escutá-lo com precisão.

— Eu traí a Luciene — disse, hesitante, mais uma vez.

— E por que fez isso, José?

— Eu não sei. Eu quis. Queria ver como seria com outra pessoa.

— E como foi?

— Péssimo. Péssimo. Eu só pensava na Lu. — Ele se virou para o lado, como se estivesse envergonhado. — Que coisa horrorosa, não é?

— Bem, então, pelo que você diz, não valeu a pena.

— Não valeu.

— Na nossa primeira sessão, você mencionou que o problema no casamento estava relacionado a um certo desentendimento na relação de vocês, certo? Você descreveu que vocês se tratavam mais como amigos ou irmãos e que, na hora da intimidade, as coisas não funcionavam mais, não é?

— É a mais pura verdade.

— E, na sessão seguinte, você me diz que traiu a esposa. Como aconteceu isso?

— Eu queria saber como era — José se soltava aos poucos. — Sim, eu queria sentir o corpo de outra mulher.

— Mas não valeu a pena — repeti com ênfase.

— Não.

— Você faria de novo?

— Não. Sabe, Nicolas, quando penso sobre isso, aqui no consultório, com você, eu imagino a mesma coisa que conversamos na primeira vez: que a mulher sofre ao ficar casada tanto tempo com um homem. E é pela amargura que ela se fecha por completo; até, talvez, depois se abrir, como se não se importasse mais. Quer dizer, ela oferece o seu maior presente para o homem, casa-se com ele, percebe que aquilo tudo é uma farsa, guarda de novo e depois libera por achar que a vida não mais importa. É como se ela desistisse de si mesma. Como se... como se... prostituísse.

— E é aí que você a trai? — Olhei fixamente para ele. — Ou seja, a mulher sofre e você, por compaixão da dor dela, a trai?

— Não. Isso foi uma escolha minha, não foi por causa dela — José respondeu de forma ríspida.

— Se você fez tudo isso por você, mas veio aqui falar sobre ela, o que você pretende, portanto, na sua análise?

— Bem, é uma pergunta difícil. Mas... eu tenho uma resposta.

— E qual é? — perguntei.

— Eu queria entender o caminho que estava construindo.

— O caminho? — Fiquei intrigado, curvando-me para frente, para ouvi-lo melhor.

— Eu estava trilhando um caminho com ela, com a minha esposa. Eu sabia disso. E eu não vim aqui para você me dizer o melhor caminho que eu tinha que seguir. Eu já sabia o que estava fazendo. Eu vim aqui para entender esse caminho. Tinha medo de que ele me levasse à destruição.

— E o que tinha no final desse caminho, José?

— Por ora, eu não posso dizer. Está nublado demais.

José havia mudado seu semblante durante a consulta três vezes. Primeiro, ao buscar a almofada, demonstrou vergonha, como uma criança que cometeu um erro e teme ser castigada. Em seguida, voltou a se sentir orgulhoso, como um homem que domina completamente o assunto das mulheres. Por fim, em sua última expressão, parecia antecipar algo maior que estava por vir, mas não conseguia expressá-lo em palavras. *Será que ele realmente compreende suas ações? Ou é apenas uma falsa sensação de certeza?* Desconfiei. José era astuto demais para ter traído a esposa apenas como parte de um jogo falso de sedução entre casais.

— Quer falar mais sobre a traição?

— Não.

— E como pretende resolver isso com a Luciene?

— Por enquanto, ficará assim. Não vou dizer nada e vou esperar darmos o próximo passo. Só de contar para você o que aconteceu, eu já me sinto melhor.

— E qual é o próximo passo?

— Ainda não tenho certeza. É por isso que estou aqui. Quero que você caminhe ao meu lado, Nicolas, enquanto descobrimos juntos as consequências de avançar um passo de cada vez. Você pode me acompanhar enquanto vivo essa experiência?

— Sim — respondi, achando estranho. — Mas tente não se destruir.

— Tudo bem. — José se levantou com apenas quinze minutos passados da sessão, encerrando-a novamente por sua conta. — Até a próxima. Tenha uma ótima semana.

— Você também.

Abri a porta e a fechei rapidamente. Deitei-me no divã e permiti-me relaxar, como da última vez. Embora apreciasse a maneira como José desenvolvia suas reflexões, me vi diante de uma reviravolta no caso. Seria interessante questioná-lo sobre suas intenções ou seguir estritamente suas orientações? Havia algo maior prestes a acontecer, algo relacionado a José e sua esposa, mas ele mesmo não sabia exatamente o que era. Pelo que havia sugerido, as coisas precisavam progredir passo a passo, como enfatizou. Não se pode prever os acontecimentos com um paciente. Por um momento, até considerei que ele pudesse agir de forma imprudente, mas logo afastei essas ideias. Isso não parecia condizer com sua personalidade. Então decidi que José estava no comando, mesmo que não soubesse exatamente do que se tratava ou se estava seguro do caminho a seguir. De qualquer forma, eu o acompanharia até o desfecho.

Capítulo 10.

Deitado na cama enquanto Laura dormia, eu observava minha aliança na mão direita e tentava imaginar o momento em que ela migraria para a mão esquerda, como é comum após o casamento. Refletia sobre como esse simples gesto traria uma carga de responsabilidade muito maior do que antes. Afinal, mesmo já morando praticamente juntos em seu apartamento e dividindo nossas obrigações, a simples mudança da aliança parecia triplicar o peso e a responsabilidade sobre nossos ombros. Era algo imensurável.

Eu olhava os lençóis brancos e amontoados em cima de mim e de Laura, e imaginava uma onda cobrindo a ansiedade avassaladora que eu sentia ao imaginar tanta coisa fugindo do controle. Eles funcionavam como testemunhas silenciosas do meu nervosismo. E enquanto ruminava sozinho as minhas preocupações, Laura emitia pequenos sons inaudíveis às minhas interpretações e que indicavam um pesadelo. Ela se mexia na cama, como se estivesse remoendo coisas ruins. Murmurava sons em meio a um sonho agitado.

Então, num lampejo de voz trêmula, Laura sentou-se na cama com os olhos fechados e disse:

— Eu não consigo com uma pessoa só.

Meu coração disparou e uma onda de angústia me atingiu instantaneamente. Observava minha noiva em um estado de transe, inconsciente de suas palavras e pronunciando uma frase que me desapontava profundamente. Embora para alguns possa parecer apenas um desabafo sem sentido de alguém que está dormindo, para um psicanalista como eu, o conteúdo dos sonhos é de extrema importância.

Elas mexeram com minhas emoções de forma intensa.

Ela quis dizer que não consegue "estar" com uma pessoa apenas?

Laura estava lutando contra os demônios de sua mente. No entanto, não era hora de divagar; era apenas a madrugada de um dia de semana e precisávamos descansar. Com gentileza, ajudei minha noiva a deitar-se, evitando acordá-la, e acomodei-a sob o lençol. Mantive minha mão sobre seu braço para transmitir segurança, enquanto ela tentava se sentar novamente na cama. Com cuidado, mantive-a relaxada e confortável em meu abraço.

Ao perceber ainda mais agitação, abracei-a com ternura, sussurrei palavras suaves como: "Está tudo bem... pode ficar tranquila... eu estou aqui". Laura conseguiu relaxar e pegar no sono de novo. E quando ela finalmente voltou a dormir, eu me levantei sem fazer barulho e fui para a cozinha.

Voltei para a cama e, com a luz da tela do celular, observei Laura por um momento. Aquelas palavras me machucaram bastante. Pensei que em outros tempos, em momentos mais calmos, não teria sentido tanta pressão. Mas, sensível como estava e após tudo que passava, minha autoestima não andava lá muito alta.

Foi interessante perceber essa distinção, o que evitou que as coisas piorassem. No entanto, precisava encontrar um caminho para não guardar rancor daquelas palavras de Laura. Sua possível confissão sobre ter ou não apenas uma pessoa em mente revelava um conflito interno. E essa confissão ecoava em meus ouvidos como um grande enigma. Será que ela não queria se casar tanto quanto eu? Ou será que eu estava me iludindo, imaginando que ela poderia me trair baseada nesse princípio? Estaria antecipando uma traição dela? Com algum cliente?

De qualquer forma, virei-me na cama para o lado esquerdo (lembrando-me de um conselho de que isso aliviava as tensões) e tentei encontrar o sono, fosse como fosse.

Capítulo 11.

Os raios de luz atravessavam a janela da cozinha. Eu, que havia passado a noite quase em claro, exibia olhos cansados e vermelhos, mas mantinha uma centelha de esperança de que as coisas se resolvessem depois que falasse com o Bernardo. Precisava deliberar a questão da herança. Enquanto isso, aguardei ansiosamente que Laura acordasse e aparecesse por ali, para saber se ela se lembrava de algo daquela noite.

Laura finalmente adentrou a cozinha.

— Bom dia, amor! — disse ela, arriscando um beijinho.

— Bom dia — permaneci neutro.

— Você parece chateado. — Laura não me olhou enquanto começava a esquentar a água para fazer seu chá de framboesa e beliscar um biscoito.

— Você se lembra de alguma coisa desta noite? — perguntei a ela.

— Não. Mas percebi que não dormi muito bem.

— Não se lembra de nada mesmo?

— Não.

— Você falou sozinha, Laura!

— Eu?! E o que eu disse?

— Você disse que não conseguiria com uma pessoa só na vida.

— Como é?! — Laura olhou pra mim. Parecia espantada.

— Você disse isso. Fiquei assustado, porque, quer dizer, vamos nos casar, né?

— Você não escutou errado?

— Você chegou a se sentar na cama, amor! Disse em alto e bom som.

— Se eu falei, não quer dizer que se tratava de você.

— E de quem mais se trataria?

— Poderia ser sobre meus clientes, sobre alguma obra, sei lá.

— Isso me assustou.

Ela parou o que estava fazendo, ficou os dois braços na mesa e me disse, olhando nos olhos:

— Às vezes, parece que você me trata como um de seus pacientes. É melhor eu tomar meu café da manhã na rua. Tenho que sair logo cedo.

Ela desligou o fogão e me deixou de lado, indo para o banheiro. Parecia agora estar com pressa de sair para trabalhar. Mergulhava neste *modus operandi* sempre que um entrave entre nós surgia. E pensar que poderíamos já estar casados, e eu previa coisas totalmente diferentes da situação em que nos encontrávamos agora.

Laura pegou a sua bolsa, a chave do carro e saiu sem se despedir. Só me restou sentar no sofá da sala, desapontado.

Respirei fundo e tentei colocar as coisas em ordem na minha cabeça. Queria muito conversar com alguém. Laura era a minha confidente para quase tudo, e eu acabava de chegar à conclusão que, sem a minha mãe, não havia mais ninguém com quem desabafar.

Pensei na minha terapeuta, Bia Cabral, com quem fizera terapia por um longo tempo, mas logo outro nome mais informal veio à mente: Ohana. Bem, talvez nosso reencontro não tivesse sido à toa. Afinal, eu ainda não havia respondido às suas mensagens. O que poderia dar errado?

Um sorriso brotou em meu rosto, e uma súbita sensação de prazer tomou conta do meu corpo. Era como se fosse uma renovação da minha personalidade. Afinal, Ohana me conhecia desde a infância e ainda sabia coisas suficientes sobre mim, mesmo após o amadurecimento e a distância. No entanto, algo ainda indicava que eu não estava agindo corretamente com Laura...

Imaginei-me conversando com Ohana e compartilhando minha vida atual com ela. No entanto, após a frase que Laura soltara naquela madrugada, não via muitos obstáculos. Não que considerasse isso uma "revanche". Na verdade, era apenas para não ficar remoendo tudo aquilo.

Então, enviei uma mensagem, convidando Ohana para um café.

Fui até o banheiro e, quando voltei, peguei o celular jogado em cima do sofá e li a mensagem de retorno:

Claro que podemos nos encontrar hoje. Mais tarde, eu não terei nenhum compromisso. Só me manda o endereço do local, por favor. Beijos e até daqui a pouco.

— Ótimo — disse eu, sozinho.

Capítulo 12.

Perto do consultório, havia vários estabelecimentos interessantes para um encontro: um restaurante, uma hamburgueria, uma pizzaria e uma cafeteria com bastante estilo. Optei por esta última. Ela oferecia mesas de madeira clara, que comportavam de duas a quatro pessoas, e ocupavam metade do passeio que ia até a rua. Essas mesas ficavam ao ar livre, em um local bastante arborizado, distantes uma da outra, o que era um grande atrativo para quem buscava um bate-papo sem que ninguém escutasse. Assim, o ambiente calmo e aconchegante do lugar era o ponto perfeito para uma conversa agradável com Ohana.

Fui o primeiro a chegar e me acomodei na primeira mesa do lado de fora, em frente à porta. A atendente veio me perguntar o que queria, mas avisei a ela que estava aguardando uma pessoa. Pouco tempo depois, Ohana desceu de um Uber e saí apressado para ajudá-la com as sacolas de compras. Ela agradeceu enquanto se desvencilhava das amarras da bolsa de couro. Me esforcei para cumprimentá-la enquanto segurava as sacolas, sem jeito, dando um leve beijo no seu rosto e depois seguindo para a mesa onde estava antes.

Despejei as sacolas em cima da cadeira ao nosso lado. Ohana sentou-se bem na minha frente.

— Lugar legal esse daqui — disse, olhando ao redor. — Podemos pedir logo alguma coisa? Estou sedenta por um café.

— Claro! — Levantei a mão para chamar a mesma atendente. — Por favor, você pode me trazer um café puro com doce de leite. E você, Ohana, qual você quer?

— Como é esse que você pediu? Com doce de leite?

— Sim. O doce de leite vem numa colherzinha para adoçar o café.

— Hum... interessante! Quero um igual ao dele — Ohana disse para a atendente, que saiu para providenciar o pedido. — Espero que esse doce não me engorde...

— O que é isso! Você está ótima.

Ela sorriu e eu não conseguia desviar os olhos dela. Ohana estava especialmente bonita naquele dia. Tinha feito pequenas tranças loiras espalhadas pela cabeça, dando-lhe um ar de mulher viking. Não era todo o cabelo que estava trançado, mas apenas pequenas partes, que acrescentavam um charme loiro ao visual. O restante permanecia liso e brilhante, e ela estava deslumbrante daquele jeito.

Eu me lembrei da personagem Jenny, namorada de Forrest Gump, em sua configuração hippie no filme.

— Me faz um favor — Ohana se dirigiu a mim.

— Claro.

— Pegue uma caixinha nessa sacola verde.

— Esta?

— Isso mesmo. Pode abrir.

— O que é isso? Uma... caixa de charutos — disse eu, virando-a de um lado para o outro.

— Comprei pra você.

— Pra mim?! Eu... — Abri a caixa de madeira e retirei um para analisar a maciez e o cheiro.

— Não é um charuto qualquer. É um Cohiba. Um dos melhores charutos que existe, pequeno Freud! — Ohana parecia bem mais à vontade que da primeira vez em que nos encontramos.

— Eu adorei — disse. Não tinha certeza se fumaria aquilo, pois desde antes da internação de minha mãe, havia ficado receoso demais com a questão do tabagismo. Então, percebi que Ohana não devia saber o motivo da morte de minha mãe. Mesmo assim, agradeci. — Deve ter custado uma fortuna.

— Não. Tudo bem. Veja como um presente de uma admiradora. — Ohana me olhava de cima, inclinando o queixo para baixo, como se quisesse dar a entender outra coisa.

Eu fiquei desconcertado e desviei o olhar.

A atendente retornou com o pedido e colocou duas xícaras de café sobre a mesa, cada uma acompanhada por uma colherinha de metal contendo um cubinho de doce de leite, além de um pequeno coador de pano por cima delas. Ao lado, ela serviu água quente em uma pequena cumbuca de madeira.

— Parecem brinquedinhos — Ohana falou para a atendente enquanto dava pequenos petelecos com o dedo no mini coador. — Que delícia isso, Nico! Nico... Lembra que eu te chamava de Nico? Sua noiva não fica com raiva, né?

— Não, não — respondi, sem mencionar que Laura nem sequer sabia da existência dela. — Vou guardar meus charutos. — Continuei admirando a bela caixa de madeira que os abrigava. — Adorei o presente, Ohana!

— Que bom! Fico feliz em ouvir isso.

— Pretendo guardar para um momento especial.

— Isso mesmo. Guarde para uma bela ocasião. Se eu estiver presente, a gente acende junto.

— Pode deixar! — Eu sorria enquanto bebia o café.

Ohana também bebia, mas parou para fazer um comentário:

— Sabe do que eu lembrei? Outro dia, liguei a televisão para assistir a uma série e me lembrei das sessões de filmes na casa da sua mãe. Você também se lembra?

— Como poderia esquecer? — Fiquei constrangido, pois era a época em que nós dois estávamos nos descobrindo. Mas, como jovens que éramos, nunca avançamos o sinal quando estávamos sozinhos. Eram apenas momentos em que ficávamos juntos, envergonhados, mas felizes com a presença um do outro.

Talvez como agora, pensei.

Ohana me olhava com curiosidade, os olhos vivos refletindo uma mistura de questionamento e interesse. Então, como psicanalista, pensei que havia algo mais do que isso. Parecia que eu havia desencavado algo enterrado dentro nela. Algo que havia sido deixado para trás.

Enquanto saboreávamos nossas bebidas naquela cafeteria aconchegante, ela finalmente decidiu quebrar o silêncio com uma pergunta indiscreta:

— Nico, como estão as coisas entre você e Laura?

Engoli em seco, sentindo-me um pouco desconfortável com a pergunta e estranhando um pouco a naturalidade com que Ohana perguntava aquilo, mas eu mesmo havia contado o nome de Laura para ela. E presumindo que eu estava ali para um encontro honesto, respirei fundo antes de começar a explicar:

— As coisas com Laura... não estão indo tão bem como eu gostaria. O casamento estava marcado, mas tivemos que adiar. Sabe, isso me deixou bastante frustrado, e hoje eu só pensei em espairecer um pouco.

Ohana assentiu, suas expressões oscilando entre o pesar e a curiosidade.

— E o que aconteceu para precisarem adiar o casamento?

Expliquei a situação da falta de um documento importante, mas assegurei que a cerimônia ainda estava confirmada. Detalhei os pormenores, incluindo a confusão na minha vida devido aos pacientes e às obras de Laura. Ohana ouvia atentamente, seus olhos analisando cada palavra que eu dizia.

— Parece que você está passando por um momento complicado. Laura sabe que você está aqui comigo?

Confessei que não, sentindo-me vulnerável diante da sinceridade.

— Eu precisava de alguém para conversar, e você sempre foi uma pessoa em quem confiei. Não quero esconder nada dela, mas também não quero sobrecarregá-la com meus próprios problemas.

— Eu sou um "problema"? — Riu.

— Não quis dizer isso... — Ri junto.

Ohana colocou a xícara na mesa, estudando-me por um momento, antes de falar:

— Nicolas, sempre fomos amigos, e quero que saiba que pode contar comigo. Mas é importante lidar com as coisas diretamente com Laura. Não dizem que se há problemas, a comunicação é a chave? Talvez seja hora de ter uma conversa séria com ela.

Não compreendi completamente como Ohana poderia me ajudar naquilo. Na verdade, eu estava ali apenas para desabafar, e, pelo que sabia, ela não havia se casado. No entanto, balancei a cabeça, agradecendo silenciosamente por suas palavras. Eram sensatas.

— Você está certa, Ohana. Eu só preciso descobrir como abordar tudo isso da melhor maneira possível.

E assim, entre cafés e palavras de apoio, a conversa fluía, proporcionando um alívio temporário para as turbulências emocionais que eu estava enfrentando naquele momento tumultuado da minha vida. Até que um pingo de chuva caiu em minha testa.

— Droga! Olha só, está começando a chover... — Olhei para o céu e levantei a mão em sinal de quem espera mais respingos.

O interior da cafeteria encheu de pessoas repentinamente. Quem estava do lado de fora, nas mesas, entrou para se proteger da chuva.

Nós nos levantamos. Peguei as sacolas de Ohana e as coloquei no canto esquerdo da porta de vidro da entrada da cafeteria. Por fim, puxei-a pelo braço enquanto nos abrigávamos timidamente debaixo do pequeno toldo que dava para a rua.

Eu dei uma espécie de abraço por trás dela, para não nos molharmos, e Ohana pareceu não se incomodar, como se deixasse se levar por mim. Eu sentia também que algo encostava em minha perna e, quando ajeitei a cabeça para ver o que era, percebi se tratar da mão de Ohana, que repousava com a palma bem em cima da coxa da minha perna direita. Também me deixei levar e ignorei a situação, mas em pouco tempo, sentia que começava a me excitar.

Deixei minha mente vagar pelos momentos que compartilhávamos do passado, quando éramos jovens e ainda muito próximos. Em minhas lembranças, sempre existiu um carinho mútuo, um afeto que nos unia. No entanto, naquela época, a juventude nos envolvia e não dávamos a devida importância aos sentimentos que nutríamos. Depois refleti em como eu havia seguido em frente, conhecendo outras pessoas ao longo de minha vida, deixando para trás as oportunidades perdidas na juventude com ela. Houve momentos incontáveis em que poderíamos ter iniciado um relacionamento mais sério, nos declarado um ao outro e construído um namoro duradouro. No entanto, naquela época, a coragem para dar esse passo adiante nos faltou, talvez pela nossa ingenuidade.

Agora eu pensava que a minha vida poderia ter sido diferente caso tivéssemos nos envolvido mais. Não que eu reclamasse do meu relacionamento atual, mas as coisas talvez fossem mais claras com Ohana ao meu lado. E, naquele momento em que ela se agarrava a mim de uma maneira despropositada, porém insinuante, eu sentia vontade de virá-la de frente e dar-lhe um beijo demorado. No entanto, por força da consciência e respeito à amiga e também à minha noiva, permaneci quieto, apenas imaginando (às vezes, até fechando os olhos rapidamente).

Não conseguimos trocar muitas palavras. Por fim, a chuva deu uma pequena trégua. Ohana decidiu chamar um Uber e se despediu de mim, enquanto eu a ajudava a guardar as compras. Também propôs marcarmos um possível novo encontro, e concordamos que, da próxima vez, seria Ohana quem sugeriria.

— Eu adorei o nosso momento — disse ela, já dentro do carro. — Espero que existam mais doces de leite no café — falou, sorrindo.

— Pode deixar. Pena que não deu para conversarmos mais. Mas voltaremos a nos falar.

— Com certeza.

Capítulo 13.

No dia seguinte, cheguei ao escritório de Bernardo no horário combinado. A secretária solicitou que eu aguardasse. De onde estava, pude vê-lo ao telefone, com a porta entreaberta. Cumprimentamo-nos de longe. Observei o caos organizado na mesa do meu amigo, repleta de papéis.

Quando Bernardo se aproximou, finalmente livre da ligação, eu o cumprimentei com um aperto de mãos.

— Como você está, meu caro? — Ele esticou a mão. — Como vai o quase casamento? — disse com graça.

— Indo... para frente... espero — murmurei para que a secretária não escutasse. — E é justamente sobre isso que precisamos falar, não é?

— É o que precisamos resolver. Entre.

Obedeci, ele fechou a porta. Ao sentarmos, mencionei:

— Sabe quem eu encontrei? Ohana. Lembra dela?

— Claro que lembro. Vocês eram muito próximos, mais que chegados, não é? Até tiveram um namorico na época.

— Éramos apenas adolescentes, cara. Hoje ela é uma mulher incrível. Bonita de rosto e de corpo. Uma baita loira! Foi ótimo vê-la de novo... — Desviei o olhar, relembrando rapidamente do encontro do dia anterior e das sensações que tive. — Mas deixe isso pra lá. Estou aqui. Pra que você precisa de mim?

Bernardo começou a explicar novamente a questão da herança, sugerindo a separação dos bens. O dilema estava na balança entre me proteger e o possível impacto disso na relação com Laura.

— Temos que resolver logo essa questão da herança da D. Maria, Nicolas. E isso é um assunto sério. Eu não conheço Laura tanto assim, gosto dela, e não temos nenhum problema... no entanto, você é meu amigo, então preciso protegê-lo, não é? Ninguém sabe o futuro de ninguém. Então, é o seguinte: eu gostaria de separar o seu patrimônio, de herança, da sua composição de bens para o casamento. Quer dizer, guardar a herança que a sua mãe deixou em um lugar separado e não comungá-la com o patrimônio que vocês irão construir juntos. Fui claro?

— Sim. Eu entendo.

— Isso é uma sugestão, meu amigo. Não sou o dono da verdade. Caso você opte por comungar tudo, ok! É seu direito também.

— Compreendo. — Eu refletia enquanto escutava tudo. Proteger-me era uma saída, mas havia a questão de já iniciar o casamento com uma desconfiança no caminho. O quanto isso seria justo com Laura?

— Você não precisa decidir isso agora. Mas é importante que você tenha isso no horizonte. Veja bem: vocês já quase se casaram. Se isso houvesse acontecido, não estaríamos aqui.

— Pois é, eu não me casei ainda por um infortúnio. Mas essa história de herança está me influenciando.

— Desculpe, meu amigo, mas é minha obrigação falar.

— Eu sei disso.

— Herança não comunga, portanto, só se você vendesse a casa ou comprasse alguma coisa. Mas a sua mãe deixou quinhentos mil reais além da casa. Somando os dois, estamos falando de mais de um milhão. Não vai mudar a sua vida por completo, mas ajuda. Imagina quanto você teria se deixasse esse dinheiro rendendo por algumas décadas.

— Nossa...

— Então, deixa eu te explicar: se você vender a casa, pegar o dinheiro, misturar com o outro, daí haverá confusão patrimonial e o dinheiro passará a ser dos dois, ou, no mínimo, se criará uma inconstância patrimonial, em que a justiça não consegue provar onde inicia o aporte financeiro de um e de outro, compreende? É disso que estamos falando.

— Eu entendo a sua prerrogativa, meu amigo, só tenho medo da recepção de Laura, pois isso soa como se eu não confiasse na nossa relação, como se eu não confiasse que estamos casando para ficarmos juntos para sempre. Ela pode achar que estou sendo influenciado por você.

— É verdade. Vamos pensar numa saída. Ela tem que saber e concordar.

— E você quer se envolver nessa conversa?

— Não... — Bernardo deu um sorriso amarelo. — Apenas se for extremamente necessário, por favor. Laura pode ficar muito brava, eu imagino.

— Eu tenho certeza!

— Olha, se não der certo com ela, você pode se casar com a Ohana — ele brincou.

Rimos juntos, e eu continuei:

— Estou te dizendo, cara, ela está muito bonita. Você tinha que ver.

— Ela sempre foi bonita, né? E já dava na cara que ia ficar gostosa...

— É. Está até melhor que isso. — Ri de novo. — Mas, enfim, não vou tomar mais seu tempo. Falaremos sobre Ohana durante uma saída pra um bar ou algo assim. — Levantei-me, apertando a mão do meu amigo.

— Fechado — Bernardo retribuiu. — Se precisar de mim, é só chamar.

Saí do escritório refletindo sobre como abordaria o assunto com Laura. Parecia que eu e Bernardo estávamos tramando contra ela, mesmo que esse não fosse o caso. Eu precisava compreender que Bernardo, por ser advogado, já havia presenciado inúmeros conflitos, e tinha obrigação de me falar tudo aquilo.

Durante o trajeto de carro até o apartamento de Laura, ao ponderar sobre como abordaria o delicado assunto da separação dos bens com ela, foi impossível impedir a minha mente de buscar refúgio nas lembranças do encontro com Ohana. As imagens do abraço compartilhado sob a chuva e da palma da mão dela na minha perna ainda lutavam pelo espaço nas minhas reflexões. E, logo, as imagens de Laura e Ohana se confrontaram na minha mente. Por um lado, havia a complicada situação com minha noiva e todas as incertezas que carregava em relação ao nosso casamento naquele momento. Por outro, Ohana persistia nas lembranças de um passado sem preocupações, repleto de momentos compartilhados, sem segredos.

Era um jogo complexo entre o presente desafiador e o passado nostálgico. E eu sabia que teria que encarar a realidade em breve.

A conversa com Laura seria inevitável. Entretanto, por ora, eu preferia manter viva a lembrança do encontro com Ohana, uma breve pausa na complexidade da vida.

Capítulo 14.

Na sexta-feira à noite, ao saber que Laura estava exausta de um longo dia de trabalho e havia optado por deitar-se mais cedo, tomei a decisão de continuar quieto sobre o assunto da herança e desfrutar de um filme na sala de estar. Ciente de que ela não apreciava filmes de terror e preferia relaxar com a máscara de dormir, percebi que, ao contrário dela, eu ainda estava alerta, apesar do meu próprio cansaço físico. Decidi, então, permanecer deitado confortavelmente no sofá enquanto assistia ao filme em questão. Considerava até a possibilidade de prosseguir com outro filme, dependendo de o sono chegar ou não.

Quando o filme terminou, fui até o quarto para ver se Laura estava dormindo. Ela parecia ter sonhos tranquilos, ao contrário da outra noite. Fechei a porta que separava o corredor da cozinha. Bebi um iogurte que estava na geladeira e voltei a me deitar no sofá com a televisão ainda ligada. Peguei o celular e resolvi mexer de forma aleatória em minhas redes sociais, especialmente no Instagram. Foi quando as marcas do encontro recente com Ohana voltaram a reverberar em minha cabeça. Tentei procurar o perfil dela. Apesar do nome diferente, surgiram inúmeras outras Ohanas, especialmente gringas. Eu precisava de mais dados para encontrá-la. Pensei, pensei e pensei. Tentei procurá-la no Facebook e também não consegui.

Lembrei-me de uma situação em que Ohana e eu, quando criança, nos escondemos em cima de uma árvore durante uma brincadeira de esconde-esconde. A mãe dela a chamava, mas ela não respondia. Quando fomos descobertos, a mãe de Ohana disse bem claro o nome e sobrenome dela, falando daquele jeito que mães gostam de agir quando fazemos algo errado. O que era curioso, pois o sobrenome lembrava uma árvore, também, e assim me lembrei qual era. *Ohana Figueira... É isso!* Ela estava prestes a ser castigada, mas eu me ofereci para ajudá-la, dizendo à mãe dela que Ohana só havia subido na árvore por insistência minha. Naquele dia, ela escapou do castigo, me agradecendo pelas costas da mãe.

Com essa lembrança, escrevi o nome dela no Instagram e consegui encontrá-la. Suas primeiras fotos sugeriam que Ohana era uma mulher repleta de experiências, que viajava pelo mundo todo. Mas ela não aparecia sorrindo em nenhuma foto, o que considerei estranho. Talvez fosse apenas uma questão de "fazer charme". Ela tinha muitas fotos, muitas mesmo, e eu estava disposto a vê-las uma por uma, então comecei a segui-la.

Naquele exato instante, Laura deu um grito no quarto. Corri até ela.

— Oi, amor! — eu disse, entrando pela porta. — O que aconteceu?

— O que foi? — retrucou Laura, retirando a máscara de dormir.

— Eu que pergunto. Você me chamou?

— Desculpe, amor! Não fiz por mal! — Ela se virou para o lado e voltou a dormir.

Fiquei espantado com a possibilidade de Laura estar desenvolvendo algum tipo de sonambulismo. *Já houve dois episódios. Será?* De qualquer forma, retornei à minha atividade noturna, desligando a televisão e vola tando a vasculhar as fotos da Ohana viajante.

Noruega, Itália, Portugal, Espanha, Suécia... paisagens de diversos países. No entanto, algo chamou mais a minha atenção: Ohana estava sempre sozinha. Em nenhuma delas, havia uma companhia, fosse homem ou mulher. Excetuando-se, é claro, o público ao fundo.

Havia algumas outras imagens de dentro de sua casa, e percebi que ela estava muito bem de vida. Porém, algo aumentou ainda mais a minha curiosidade. Em algumas poucas fotos que não eram de viagens, Ohana surgia sentada numa cadeira, em algum lugar, numa espécie de reunião. Era o único momento em que ela se deixava fotografar com outras pessoas e, em tese, interagindo com elas. *Que diabos de reunião é essa?* Não havia legendas escritas por ela.

Ohana não havia apresentado nenhum desvio no comportamento enquanto havíamos estado juntos. Conversara comigo de forma descontraída, como uma amiga que acabara de encontrar o melhor amigo. Nada demais. Sobre ela aparecer ou não em uma foto com um homem, a tese era facilmente derrubada, pois ela poderia ter apagado as fotos de algum ex-namorado ou algo do tipo. Mas e as amigas? *Será que ela não tem?* Quanto às reuniões, procurei ampliar as fotos. Nelas, pude ler algumas palavras soltas como: feminismo... feminista... fem... incel... *O que é isso? Incel?!* Não distinguia todas elas com clareza, mas poderia concluir que o tal grupo de Ohana tinha algo a ver com alguma causa feminista. Entretanto, nas fotos, era possível perceber também a presença de homens, o que derrubava a ideia de se tratar de um grupo exclusivo de mulheres.

Perguntei-me se havia algo mais profundo a ser descoberto. Mas, diferentemente do meu paciente Paulo, Ohana não parecia ser uma pessoa que evitava o contato com os outros e se isolava. Ela viajava e saía bastante. E talvez fosse a encontros casuais em cafeterias, como o que tivemos.

Ao terminar de navegar pelas fotos, senti uma mistura de curiosidade e de inquietação. Havia algo mais na vida de Ohana, algo que ela não compartilhava facilmente. Talvez fosse apenas o receio de revelar detalhes pessoais, ou talvez houvesse algo mais profundo que eu ainda não compreendia. De qualquer forma, aquela noite de investigação virtual me deixou com um turbilhão de pensamentos negativos, como os que se tem com uma invasão à privacidade de uma pessoa. Então, decidi parar. Se houvesse outro encontro com a minha amiga, acho que ela me daria liberdade suficiente para perguntar sobre coisas da sua vida íntima. Era melhor averiguar do que tirar conclusões precipitadas, pois a imaginação, muitas vezes, pode levar uma pessoa a tomar caminhos errados e isso era perigoso demais.

Desliguei o celular, deixando a sala em penumbra, e retomei minha posição de descanso no sofá. Aconcheguei-me nas almofadas e fiquei ali, perdido em pensamentos, ponderando sobre o quanto realmente conhecemos as pessoas ao nosso redor.

A noite avançou. Eu sabia que, eventualmente, teria que enfrentar minhas dúvidas e meus questionamentos, mas naquele momento, deixei-me envolver pela tranquilidade do silêncio, refletindo sobre a arte de desvendar os segredos que cada indivíduo carrega consigo, até dormir.

Capítulo 15.

Laura e eu estávamos na padaria naquele dia. Fizemos um acordo de sairmos bem cedo, pois ela queria tomar um desjejum colonial antes de seguirmos até o encontro com Teresa, sua prima. Ela me prevenira que desejava que nós dois tivéssemos um ótimo dia juntos com ela, pois, da última vez, fora um verdadeiro desastre. E nada melhor do que fazermos isso de barriga cheia.

Chegando no buffet, subi a rampa de acesso com o carro e parei no estacionamento. Teresa, que já estava na porta, parecia aguardar ansiosamente a nossa chegada.

— Bom dia, querida. — Ela levantou os braços flácidos e abraçou a prima com força. Não fez nenhuma menção em me cumprimentar além de um aceno, parecia que eu era apenas um mero acompanhante. Fiquei na minha. — Estava ansiosa pela chegada de vocês. Tenho uma surpresa ótima para hoje.

— Ai, meu Deus, não me diga! — disse Laura, entusiasmada. — Fico nervosa com surpresas.

— Mas tem que esperar um pouquinho só — continuou a prima.

Embora eu estivesse desconfortável com a lembrança do último encontro com Teresa — o que me deixava um pouco emburrado —, tentei pensar em outras coisas para ver se o tempo passava mais rápido.

— Quero que vocês dois fiquem aqui — disse Teresa, agarrando os braços da prima com as duas mãos. Em seguida, ela abriu uma fresta da porta do buffet e gritou para que os funcionários andassem mais rápido.

Durante o tempo em que estávamos ali, percebi que Laura notava a minha expressão de poucos amigos. Mas eu tinha esperança de que nada de ruim acontecesse daquela vez.

Quando a organização terminou, os funcionários avisaram Teresa, que nos chamou para entrarmos com gestos rápidos com a mão. Teresa exibia um grande sorriso no seu rosto cilíndrico, embora suasse na testa e parecesse apreensiva .

— Bem, vamos lá— disse ela, caminhando conosco pelo corredor. — Podem ficar à vontade para falar o que acharam e dar sugestões. Também não precisam se preocupar com o tempo. Só tenho vocês dois hoje, sou toda de vocês.

Que ótimo!, pensei olhando de lado.

Paramos em frente a um arco de madeira tampado com um pano que simulava um longo véu de noiva. Não pude deixar de reparar que Teresa estava bem arrumada para a ocasião, vestindo um vestido rosa e bege muito justo, realçando o seu corpo e apertando os seios enormes. Ela calçava salto alto e parecia caminhar acostumada a isso. Talvez quisesse deixar tudo mais especial.

— Antes de abrir, quero que saibam que fiz uma espécie de pré-produção teste para definir mais ou menos o tom do casamento de vocês, certo? Separei algumas mesas e enfeites, como se fosse uma simulação real do momento. Qualquer alteração será anotada e ajustada conforme o desejo de vocês. Podem entrar.

Teresa, ao levantar o véu da porta, revelou um cenário de casamento diante dos nossos olhos. A decoração exibia alguns toques de requinte, lembrando até mesmo a pompa de um evento real em um palácio de épocas passadas. Logo na entrada, uma imponente mesa retangular estava disposta com cadeiras luxuosas cuidadosamente alinhadas e uma composição perfeita de pratos, talheres e arranjos florais em tons pastéis. Um suntuoso lustre no teto transportava todos os presentes para um castelo de contos de fadas dos tempos antigos. Continuando pela sala, havia três mesas semelhantes à primeira, mas de tamanho menor. Mais adiante, três colunas de madeira polida adornadas com flores criavam um arco sob o qual nós caminharíamos. Por fim, um painel de flores emoldurava uma pequena mesa branca destinada aos presentes de casamento. Esse cenário seria o pano de fundo para as fotos do casal com os convidados, bem como para a recepção dos presentes. Mas não sei por que, achei tudo um pouco pálido demais.

— Não é exatamente igual, é claro — disse Teresa em tom de ansiedade. — Mas vocês entenderam que eu quis construir uma pequena réplica de como seria o ambiente, não é?

— Nossa, eu amei tudo isso — disse Laura boquiaberta, olhando circularmente pelo cenário.

— Se quiserem — comentou —, fiquem à vontade para mudar as coisas de lugar ou alterar a disposição das coisas, ok?

— Eu adorei, prima e... não mexeria em nada, pra ser bem sincera... — Laura tocava nos enfeites por onde passava. — Como são bonitos e cheirosos. Tudo está tão harmonioso. O que acha, Nicolas?

Na minha mente, Laura não devia ter aprovado tudo aquilo, mas em respeito à prima, não queria demovê-la da ideia de manter cada coisa do jeito que estava para não magoá-la.

— Bem, como ela disse, é uma demonstração — respondi ainda parado a poucos passos da entrada.

— Claro, claro — rebateu Teresa, revirando os olhos para Laura, como se eu não tivesse compreendido toda aquela arrumação. — Mas eu quis mostrar um pouco de como trabalhamos. Ou seja, se mexermos alguma coisa aqui, será pontual. O estrutural está mais ou menos pronto e será assim.

— São enfeites bonitos, sem dúvida — agora eu caminhava em direção à Laura, tocando em alguns deles —, mas eu acho que falta personalidade. Eles são muito claros e sem vida.

Teresa se incomodou com minha réplica e Laura, possivelmente prevendo um embate maior, entrou no meio:

— Homens, são todos iguais — disse, olhando para a prima. — Os homens não entendem que são esses mimos e essas cores que fazem as mulheres gostarem. — Em seguida, ela se virou para mim: — Num casamento, o foco é a noiva, entendeu? É ela quem tem que aparecer bonita e esplendida. E é por isso que os enfeites têm cores mais modestas. Todos têm que olhar para a noiva, compreende agora?

— Tudo bem — tentei consertar —, eu só dei a minha opinião. Não quero falar mal. Mas acho que o homem também pode opinar, não?

Teresa puxou Laura pelo braço e caminharam juntas pelo salão como se ignorassem a minha presença. Isso pareceu bom, pois teria menos responsabilidade e menos chances de eu falar alguma besteira. Ambas cochicharam. E, após darem a volta pelo lugar, Teresa parou ao meu lado e questionou:

— Olha, eu gostaria, sinceramente, de escutar a sua opinião completa. Quer dizer, como Laura bem disse, os comentários da mulher costumam ser mais pertinentes do que os do homem. O brilho é da noiva mesmo. Porém, o que você acha? O que você mudaria, como homem?

— Sinceramente — olhei bem para ela —, acho que os comentários dos dois, noiva e noivo, são pertinentes em igual intensidade. Eu posso ser amador nisso, mas acho que poderia ter mais potencial, se me entende. Sinceramente, eu faria diferente.

Teresa não pôde disfarçar o impacto que sentiu após o meu comentário direto, ou, pelo menos, uma surpresa fingida.

— Desculpa! — Ela caminhou depressa em direção ao banheiro.

Laura chegou perto de mim em questão de segundos.

— Você tinha que estragar tudo! — disse com a voz trêmula.

— Eu? Você não percebeu que Teresa...

— Olha o que você fez? Você sabe o tanto que ela é importante para mim ! Sabe o tanto que Teresa é querida por mim. Coloque uma coisa na sua cabeça: se você vai se casar comigo, Teresa será uma pessoa frequente na nossa vida e na nossa casa. Pense bem no que está fazendo, no que está construindo. E, por Deus do céu, não me faça escolher.

Laura ficou furiosa, e eu não disse uma palavra sequer. Pensei apenas em duas situações: ir atrás de Teresa para mudar meus comentários ou simplesmente largar aquilo tudo para trás. Mas reconheci que chegara armado demais para aquele encontro. *Merda!* Não gostava de Teresa e nem da forma como ela sempre me tratava. Mesmo assim, procurei escrever os votos de casamento e tentar continuar com aqueles ensaios. Só que tudo aquilo me doía, pois eu era um homem prático, estava onde não queria estar e fazia o que não queria fazer. E já que me via ali, era justo que pudesse dar a minha opinião sincera. E, mais do que isso, eu ainda carregava segredos que não queria guardar, como a herança não comungada com o casamento.

Eu estava uma pilha de nervos e, apesar das minhas desavenças com Teresa, desconfiei que a havia escolhido como meu bode expiatório para o dia, mesmo antes de chegarmos ao buffet.

Teresa saiu do banheiro limpando o rosto com um pedaço de papel, como se tivesse chorado. Ou, quem sabe, molhado o rosto para parecê-lo. Talvez ela quisesse que Laura se comovesse com a situação dela.

Laura a ajudou num ou noutro retoque no rosto. Eu fiquei inativo, olhando para as duas e imaginando o tamanho de toda aquela verdade.

— Desculpe dizer para vocês — comentou Teresa com a voz meio fanha —, eu preciso acabar por hoje! Mas antes de encerrar, eu queria falar uma coisa... — virou-se para Laura: — Prima, eu amo você, mas acho que não estou ajudando, portanto, peço desculpas. Não sei o que estou fazendo de errado, mas eu quero deixar claro que, a partir de hoje, o meu cargo está à disposição.

— O quê?! — Laura perguntou, espantada.

— Quero que vocês procurem outra cerimonialista. Temos pouco tempo, mas se desejarem, eu posso até indicar alguém e...

— De jeito nenhum — rebateu Laura, segurando o rosto dela —, eu me caso somente se você fizer o trabalho de cerimonialista. E está dito!

— Eu entendo, prima — respondeu Teresa —, mas esteja à vontade pra procurar outra pessoa. Eu posso ajudar.

— Nós vamos embora agora, querida. — Laura deu um abraço efusivo e longo na prima. — Desculpe por estar passando por tudo isso. Não têm sido dias fáceis, tanto em casa quanto em qualquer outro lugar. Mas eu quero que você saiba que estou satisfeita com o seu trabalho. E, como já disse um milhão de vezes, você será a minha cerimonialista e ponto final. Somos família e sempre seremos.

Teresa abriu um sorriso largo, como se agradecesse pela grande confiança da prima. Seus olhos pularam rapidamente para cima de mim, num gesto vencedor, e depois voltaram-se para ela. Não me movi.

Laura saiu pela porta de véu e não olhou para trás, onde eu estava. Eu apenas dei um aperto de mãos em Teresa. Estava cada vez mais claro que essa era uma guerra que eu não poderia vencer. Ou deixava de lado o casamento ou Teresa faria parte da minha vida para sempre. E tal escolha não fazia o menor sentido: eu não deixaria de me casar simplesmente porque a minha noiva tinha uma prima de quem eu não gostava.

De qualquer maneira, nós dois fomos embora naquela manhã, sem mais comentários.

Coloquei a mão na barriga, na altura do estômago. O café da manhã havia ficado mais pesado do que eu desejava.

Capítulo 16.

Naquele mesmo sábado, à tarde, eu me apressei em direção ao consultório para a sessão presencial com o adolescente Paulo. Comprometi-me a atendê-lo no fim de semana, concordando com todas as condições que ele impôs para sair de casa. Ele optou pelo sábado, considerando-o menos problemático, com tráfego reduzido e menor estresse. Para mim, essa saída parecia estar sendo meticulosamente planejada, especialmente porque o ambiente em casa estava tenso após o encontro com Teresa. O melhor a se fazer naquele momento era dar tempo para que as emoções se acalmassem. Um dia para ser esquecido, com certeza. Dessa forma, a consulta no consultório se mostrava uma escolha acertada.

Paulo chegou pontualmente, acompanhado pela mãe. Eu o aguardava na porta da sala de espera. Ao sair do elevador, o garoto, usando seus óculos que o conferiam uma aparência mais intelectual, parecia observar cada detalhe do novo ambiente: olhava para baixo, para os lados e para cima, como se estudasse cada ponto antes de entrar.

— Boa tarde, meu amigo — cumprimentei.

— Oi — respondeu ele.

— Vamos entrar? — completei, apontando para dentro da sala.

Paulo seguiu em direção à sala. A mãe assistia à cena calada, apenas apertava os dentes contra o lábio de baixo.

— Pode aguardar aqui — disse para ela, apontando para a cadeira da sala de espera.

— Tudo bem — ela acatou.

Paulo entrou na sala colocando as duas mãos nos beirais da porta como se estivesse atravessando um portal. Em seguida, vasculhou a sala com os olhos e pareceu estudar tudo de novo, como fizera antes. Eu supunha que tudo aquilo fosse muito novo para ele e que precisava deixá-lo se ambientar.

— Quer uma água? — perguntei.

— Não, obrigado. — Ele sentou-se no divã.

— Você pode se deitar, se quiser — comentei, mas ele não quis. — E então, gostou do que viu? Quer dizer, eu percebi que você prestou atenção em tudo por aqui.

— Sim, é muito bonito.

— Obrigado. Fico feliz que tenha saído de casa. É a sua primeira vez em...

— Muito tempo.

— Bem, então eu me sinto honrado em recebê-lo. Confesso que, quando conversei com a sua mãe pela primeira vez, quis conhecer você. Ela me disse sobre você não ir mais às aulas, não se interessar em viajar e também não ter muitos amigos. Mas eu prefiro escutar a própria pessoa contando do que alguém falando sobre ela.

— Deve ter falado um monte de besteiras sobre computadores, também.

— Percebo que você está enfrentando alguns conflitos com a sua mãe, mas quero que entenda que estou aqui para colocar foco em suas coisas. Então, vamos começar do início: por que você não gosta de sair de casa? Aconteceu alguma coisa?

— Não é que eu não gosto. Eu apenas prefiro computadores. Minha mãe me disse uma vez que, antigamente, os pais queriam que os filhos ficassem mais em casa, e hoje eles querem que a gente vá mais para a rua. Não é confuso?

— Porque hoje se fica muito grudado nas telas. Esta deve ser a preocupação dela.

— Na internet é seguro. Estou em casa, tenho comida, banheiro, água... não pego chuva, não sou atropelado, não sou assaltado, não pego doença, entro e saio das conversas quando quero... tenho tudo. Além disso, posso estudar, jogar, assistir filmes e séries, sem correr nenhum risco.

— Você tem razão.

— Mas, às vezes, eu acho que pode ser legal encontrar outras pessoas também.

— Você saía antes?

— Sim. Ia pra escola, ao cinema, para festas e conhecia garotas. Isso quando me convidavam, né? Fazia tudo normal, eu acho.

— E o que aconteceu?

— Eu comecei a achar perigoso. Quer dizer, tivemos a pandemia...

— Pandemia já passou. Não acha um pouco radical?

— Mas a minha geração não sai mais como antes. Por que eles vão sair, se podem ficar seguros em casa? Além disso, é mais barato. Minha mãe deveria estar orgulhosa. Mas ela não entende.

— E o que ela não entende?

— Ela diz que eu tenho que conhecer gente nova, garotas, namorar. Não quero namorar com ninguém. Nem sei se vou casar um dia. Nem sei o que é fazer...

— Sexo?

— É.

— E vai morar o resto da vida com a sua mãe?

— Não acho que é uma boa ideia. — Ele riu.

— Mas me responda: você tem vontade de voltar a sair como era antes? Ir para a escola, cinema, festas?

— Sim.

— Podemos partir daí, então. O que acha?

— E o que eu devo fazer?

— Você pode começar chamando seus amigos e, se eles não quiserem, você pode sair sozinho. Muita gente faz isso.

— Sozinho?

— Pelo que entendi, você gostaria de conhecer garotas, não?

— Sim.

— Pois, então.

— Você tem certeza que minha mãe não pode escutar de onde ela está, certo?

— Fique tranquilo.

— Eu queria te contar uma coisa.

— Pode falar.

— Eu já acessei a criptografia de alguns lugares.

— Como assim?! — fique curioso.

— Não é que eu seja um hacker foda. Nada disso. Mas já consegui acessar computadores mais complicados, como por exemplo do trabalho do meu pai. Então, eu gostei de fazer isso, mas prometi para os meus amigos que não faria mais. Tenho medo. A minha mãe tem um pouco de razão: eu sou uma espécie de hacker inativo. Se eu quiser, consigo acessar. Mas prefiro não fazer.

— Esta é uma novidade e tanto.

— É, eu gostei muito de fazer isso. A sensação é de que encontrei o meu lugar no mundo. Quer dizer, funciona como se eu pudesse ter o controle da vida de qualquer pessoa; se eu quiser, é claro. Para melhorar ainda mais as coisas, veio a pandemia e aí todos tivemos que ficar em casa de vez. Então, hoje alguns acham que eu fico em casa como consequência da pandemia. Mas a verdade é que eu gosto. Tenho o meu trabalho, sabe? Já me deram dinheiro por isso. Tenho amigos que invadem computadores também.

— Nossa, que história! Você sabe do risco que corre?

— Sim. Mas hoje só brinco de invadir computadores de pessoas por perto.

— E você tem amigos na internet? Amigos que não sejam hackers?

— Tenho sim. E amigas.

— Amigas ou mulheres que despertam o seu interesse? — Abri um sorriso para provocá-lo.

— Conheço umas meninas, mas não é a mesma coisa. A gente não se encontra pessoalmente. Não pode se encostar ou beijar, sabe?

— Concordo com você. Deve ser muito ruim não viver uma vida norv mal, não acha? De ter contato físico. Já pensou em ter os dois? Quer dizer, você pode ter a sua vida virtual, como você gosta, e levar uma vida legal no mundo físico também, no mundo lá fora. O que acha?

— Ficar na internet se tornou uma tendência. A gente se comunica assim. Tem uns que saem e outros não. Preferem ficar isolados, conversando com pessoas virtuais. Inclusive, tem gente que até namora, faz sexo e casa, só que é virtual, né? — Paulo abriu um sorriso largo, como se estivesse incomodado. — Você soube do japonês que casou com uma boneca virtual?

— Sim, eu li sobre isso. Mas você ainda pode sentir, na pele mesmo, o beijo de uma mulher, o toque dela. Você se interessa por isso, não é? E não é só isso: quer dizer, você curtir, ir a um shopping, num cinema com os amigos...

— Sim. Acho que se fosse possível, eu queria, sim.

— Você acha que poderia ser uma boa ideia levar as suas duas vidas em igual medida?

— Sim. A internet, às vezes, pode ser muito chata.

— Por que você diz isso?

— É um tédio ficar em casa o tempo todo. — Paulo levou a mão ao queitxo e olhou de lado para mim. — Tem dias que eu fico andando pela casa de um lado para o outro.

— Entendo.

— Nossa, foi uma experiência bem diferente pra mim hoje.

— Talvez você possa pensar melhor. Não precisa ficar o resto da vida em casa porque teve uma pandemia e porque você gosta de computadores. Você pode ter mais que isso.

— Eu não imaginava, embora pareça óbvio.

— É estranho quando a gente olha por outro prisma, né? Enxergamos coisas que a gente não via.

— Você tem razão. — Paulo se empertigou. — Posso ir embora agora?

Olhei para o relógio da parede e não me levantei.

— Olha... sim... mas estamos começando. Não é bem assim que funciona. Você topa vir outras vezes? Quero conversar mais com você.

Paulo abriu os braços e disse:

— As outras sessões podem ser como esta?

— Se você quiser...

— Ok! Topo.

Paulo deixou o local, passou pela mãe na sala de espera e apenas tocou-lhe o braço:

— Vamos embora. — Depois virou-se para mim e disse: — Até semana que vem.

Ela se levantou, surpresa, despediu-se de mim e seguiu o filho. Parecia ser posse de Paulo. Uma cena um tanto vergonhosa, mas que trazia muitas informações para o caso.

Paulo era um garoto como outro qualquer que, diante dos percalços da vida, junto com a pandemia e o afastamento dos amigos, havia ficado solitário e perdido. Faltava-lhe referências. Era como se o seu desenvolvimento tivesse sido interrompido no meio e ninguém houvesse se servido para orientá-lo. Eu percebia que ele dominava a mãe, estava claro, e isso poderia ser um entrave para conhecer garotas no futuro. Quer dizer, ele poderia entender que todas as mulheres aceitariam isso que a mãe aceitava e tentar dominá-las também. Uma mãe pode concordar com tal condição, por amar um filho de forma incondicional. No entanto, outras mulheres podem não aceitar, o que é perfeitamente natural. Neste caso, a mãe de Paulo agia para completar a fantasia do garoto. Este era o ponto chave neste caso.

Capítulo 17.

Cheguei no apartamento de Laura exausto naquele sábado, mas me sentia recompensado por ter quebrado a primeira barreira com Paulo. Apesar do início catastrófico daquele dia com Teresa e a minha noiva, conseguir um resultado positivo com o adolescente me animou. Estava tão envolvido nessa sensação que nem me importava mais com o clima pesado com minha noiva. Cheguei agindo como se nada tivesse acontecido, dei um beijo nela, que aceitou sem grandes perturbações, e fui para o banheiro tomar um banho relaxante e demorado. Ela permaneceu lendo um livro sozinha no sofá, aparentemente indiferente.

Depois do banho, fiz um lanche e perguntei como fora o resto do seu dia. Laura disse que correu tudo tranquilamente, sem maiores problemas.

Por fim, ela se dirigiu ao banheiro para escovar os dentes, e eu sorri de forma insinuante. Laura se deitou, e logo eu estava deitado ao lado dela, fazendo carinho em suas costas, sabendo que ela gostava desses mimos. No entanto, ela parecia antecipar o que estava acontecendo e cortou o meu entusiasmo:

— Não estou a fim de nada hoje — me disse.

— Se é por causa da Teresa, amor, me desculpe — repliquei em tom baixo —, não tenho estado legal e acho que estou descontando nos outros.

— Tudo bem, já deixamos as condições muito claras.

— Sei que ela é importante para o nosso casamento, e vou fazer o possível para evitar esses conflitos. Estou perdoado? — perguntei em tom de brincadeira.

— Mais ou menos. Mas não quero hoje, amor. Não estou no clima.

— O que eu posso fazer para te animar?

— Nada. Estou estressada e cansada, e não consigo relaxar. Só isso.

— Tem alguma coisa a mais te incomodando?

— Não. Só não quero fazer sexo hoje. Só isso. Acho que a gente só faz sexo em casa. É tedioso.

Pra falar a verdade, nem temos feito, mas não expus.

— Podemos ir a outro lugar, se quiser.

— Podemos. Mas hoje, não. Outro dia. — E colocou a máscara sobre os olhos para dormir.

Não insisti mais.

Frustrado, peguei o celular. Fora idiotice tentar o sexo. Eu tinha um preço a pagar pelo que havia feito. Um dia depois do outro.

Recolhi o fone de ouvido em cima da escrivaninha, abri o aplicativo do YouTube e procurei algo interessante para escutar.

Não era dia de festa, não era dia de pizza e não era dia de sexo. Era uma noite nublada e cinzenta, que aguardava o sol da manhã seguinte. E lembrei-me das reuniões de Ohana e da palavra "incel". Passei a me empenhar para tentar identificar melhor o que viria a ser isso. Em minha pesquisa, notei que se tratava da abreviação em inglês da expressão "celibatários involuntários", algo como "pessoas que não conseguem ter relação sexual e que colocam a culpa nos outros".

E foi então que dei o meu primeiro passo para conhecer melhor aquele novo mundo.

Capítulo 18.

Segunda-feira chegou e a ansiedade tomou conta de mim enquanto aguardava notícias dos próximos passos de José Geraldo. O homem de 50 anos se mostrava um paciente intrigante, trazendo consigo não apenas questões relacionadas ao casamento, mas também um caminho misterioso que insistia em trilhar ao lado de sua esposa Luciene. Para mim, ele era como um artista diante de sua própria obra de arte, moldando e pintando sua amada a cada dia.

Minha leitura e intuição afiadas para casos assim me levavam a supor que José buscava minha ajuda profissional por medo de se perder na própria arte, considerando-a sua obra-prima. Uma interpretação ousada, talvez, mas eu estava acostumado a lidar com casos complexos.

Havia chegado o momento de descobrir os próximos passos desse caminho obscuro. Ao abrir a porta do consultório, encontrei-o com um semblante diferente.

— Olá, José.

— Oi, Nicolas.

— Vamos entrar.

— Claro. — José dirigiu-se à sala.

— E aí, tudo bem, José? — perguntei enquanto me servia de um copo d'água.

— Mais ou menos! Você se lembra do que eu disse na última sessão? Que eu estava seguindo um caminho, que não sabia exatamente o que estava fazendo e que precisava que o senhor me acompanhasse, que me orientasse a cada acontecimento?

— Lembro de cada palavra.

— Pois bem, eu traí a Luciene, como contei antes, e você me ajudou muito naquele dia, embora a sessão tenha sido curta demais. Eu precisava de mais tempo, mas me afobei em terminá-la rápido; acho que fiquei ansioso. Mas eu realmente preciso da sua ajuda, pois agora eu não sei o que fazer. Luciene e eu estamos nos estranhando.

— Estranhando como?

— Bem, depois do que aconteceu, eu fiquei sem saber como agir com ela, não sei como falar e nem mesmo tocá-la direito. Estou com a impressão de que ela é uma desconhecida na minha vida. E acho que ela pensa o mesmo. Ela disse que estava me achando frio, distante, e que só queria ficar na rua e longe dela. Daí, aconteceu um problema.

— E qual foi?

— Ela me provocou. — José, que olhava apenas para os lados até então, mirou diretamente nos meus olhos para falar aquilo.

— Ela te "provocou"?

— Sim. Disse que eu talvez tivesse arrumado alguma amante fora. Continuou falando que, se fosse assim, poderia fazer as minhas malas e ir embora, pois eu não era homem o suficiente. Ela falou como se soubesse da traição, Nicolas.

— Mas não sabe?

— Tenho certeza que não. E não foi "aquela" traição, né? Eu me encontrei com outra mulher por uma noite e nada mais. Nem lembro da cara dela.

— Bem, foi uma traição... E o que você fez, José?

— Eu fiquei nervoso demais e a ameacei. Como ela continuou me acusando e me insultando, eu dei um tapa nela.

Ao ouvir isso, inclinei-me até a ponta da poltrona, quase me levantando.

— O quê?! Você bateu nela?!

Percebi que José se sentiu ameaçado com a minha reação, embora tenha se mantido firme no mesmo lugar.

— Sim. Eu fiquei muito nervoso.

— José, vou te lembrar mais uma vez: violência não é tolerada aqui, entendeu? Mesmo que você seja meu paciente e esteja me contando, eu não aceito que haja violência enquanto estivermos em tratamento, compreende?

— Sim, Nicolas. Eu peço desculpas. Mas ela disse que eu não era homem o suficiente e eu não aguentei. Fiz errado, mas fiz para que ela calasse a boca naquele momento. Às vezes, ela fala tanto e com tanta ênfase, que a gente não consegue se posicionar e acaba fazendo uma besteira como eu fiz. Mas, peço desculpas acima de tudo.

— Você deve desculpas para ela, não para mim!

— Eu já pedi. Nada justifica o que eu fiz. Mas ambos reconhecemos nossos erros.

— E como vocês ficaram depois desse ato grave?

— Como eu disse, estamos nos estranhando: como se fossemos dois desconhecidos.

— Vocês já estavam estranhos antes, não lembra? Você dizia que mais pareciam irmãos ou amigos do que um casal.

— Mas agora é diferente. Lembra-se do caminho que citei, Nicolas? Pois bem, para mim isso não aconteceu por acaso, faz parte de algo novo que está surgindo. Pode ser que a gente não saiba conviver com a novidade... mas que estamos inventando alguma coisa inédita, isso é fato. Pode ser que...

— Pode ser o quê? — perguntei com firmeza.

— Que esse recuo prenuncie um avanço.

— Então você está querendo me dizer que está tudo bem?!

— Não, de jeito nenhum, pelo contrário. Estou dizendo que preciso muito da sua ajuda. Eu não sei o que vem pela frente e nem sei se vou saber lidar, portanto, preciso trazer aqui cada novidade que acontecer.

— Então você está dizendo que vai usar a sua terapia sempre que não souber o que fazer, é isso? Sempre que estiver com dúvidas?

— É, sim. Quero estar preparado e trazer qualquer novidade aqui, para que eu não perca o controle. E eu não quero perder o controle, Nicolas!

— Pois bem, por hoje é tudo.

— Sim! — José caminhou até a porta, como se sentisse mais aliviado. Esperou eu abrir a porta e se despediu com um gesto positivo de cabeça.

— Até a próxima sessão.

— Até.

Apesar das surpresas, avaliei a sessão como extremamente produtiva. Ao abordar a agressão de José à esposa, percebia que esse comportamento não parecia ser algo do qual ele desfrutasse; pelo contrário, evidenciava uma perda momentânea de controle, desencadeada pela pressão da esposa em meio às transformações no relacionamento. Menos mal. O ato violento, embora inaceitável, havia se revelado como um ponto de inflexão crucial na dinâmica do casal, sinalizando que questões mais profundas estavam em jogo. Já o termo "caminho" mencionado por ele várias vezes suscitava uma série de questionamentos psicológicos. Poderia representar uma construção imaginária, uma narrativa criada para lidar com conflitos não resolvidos ou um escape diante das transformações na relação.

Essa ideia de um percurso a ser percorrido podia ser uma tentativa de dar sentido aos desafios enfrentados, mas era crucial explorar se essa construção era uma estratégia adaptativa ou um sintoma de desequilíbrio emocional.

Todavia, a preocupação de José em manter o controle revelava a necessidade de explorar mais a fundo suas dinâmicas emocionais e as possíveis raízes do comportamento agressivo. Afinal, a agressão física pode ser um sintoma de questões subjacentes não abordadas. Como psicanalista, meu papel era compreender essas dinâmicas intricadas, oferecendo suporte para que José pudesse articular suas experiências e emoções de maneira mais construtiva.

A decisão de intervir ou permitir que a dinâmica se desenrolasse exigia uma análise cuidadosa. A intervenção prematura poderia gerar resistência e não abordar as causas subjacentes. Por outro lado, esperar poderia implicar riscos e demandava uma monitorização atenta.

Então, eu aguardaria a próxima sessão para reunir mais informações, avaliar a evolução do caso e ajudá-lo a decidir o curso mais apropriado.

Capítulo 19.

Após ouvir o relato impactante de José sobre a traição conjugal e a agressão, uma avalanche de pensamentos tumultuava a minha mente. Neles, Ohana emergiu como uma figura intrigante. A ideia de transformá-la de minha confidente para algo maior, começou a sussurrar de forma tentadora aos meus ouvidos.

As emoções confusas desencadeadas pelas revelações de José se misturaram com as lembranças nostálgicas da adolescência, quando Ohana tinha se tornado mais do que uma amiga. A linha entre o passado e o presente havia se tornado tênue, e a tentação de buscar conforto em sua presença crescia como uma sombra na minha mente. Então, decidi finalmente fazer algo que vinha postergando: uma consulta com a minha antiga terapeuta, Bia Cabral. Tinha a necessidade de compartilhar as minhas preocupações com alguém imparcial, uma ajuda profissional.

O consultório de Bia, situado numa rua movimentada de Belo Horizonte, era um espaço elegante no sétimo andar. Ela não apenas prosperava em sua carreira, mas também lecionava em uma faculdade e ministrava cursos de psicanálise por conta própria. Já havíamos superado desafios em sessões intensas durante muitos anos, realizadas até três vezes por semana.

Ao abrir a porta, Bia expressou um caloroso sorriso, e eu, por minha vez, a cumprimentei. Aceitei o abraço, mesmo que fosse um gesto incomum. Este encontro transcenderia uma simples terapia. Nossas sessões anteriores tinham sido fundamentais para mim.

— Que grande surpresa ter você por aqui novamente!

— É bom estar de volta, Bia.

No divã, ao me deitar, senti a familiar sensação de conforto. Disse a ela:

— Eu sempre gostei de vir aqui e aprender, quer dizer, eu sempre quis conhecer tudo sobre mim, como se fosse possível. Então, quando me deito aqui, tenho uma boa sensação, como se eu estivesse para descobrir algo novo, é claro.

— Sempre foi esta a sensação?

— Sim. Eu saio daqui querendo colocar tudo em prática.

— Bem, e o que você me trouxe desta vez?

Não podia enxergar Bia, que estava sentada atrás de mim, então apenas ouvia a sua voz doce. Comecei a contar sobre a morte da minha mãe, o meu noivado com Laura e a ansiedade e o medo do compromisso a longo prazo que pairavam sobre mim. Também comentei sobre a recomendação de meu advogado e amigo Bernardo sobre a herança da minha mãe, para evitar complicações patrimoniais no futuro. Continuei sobre o medo de mudanças drásticas e a tensão com Teresa, prima de Laura. Por fim, mencionei meu paciente envolvido em traição e a sua consequente agressão, além do reencontro com Ohana, que havia despertado memórias simples e inocentes.

— Quanta coisa, hein? — disse Bia. — Lamento muitíssimo pela sua mãe. Lembro que ela já passava por um momento difícil.

— Sim.

— Pois bem, acredito que o assunto principal é o casamento, estou certa? Quer dizer, você quer mesmo se casar, Nicolas?

— Sim. Eu quero. Mas com esta pressão do advogado, já não sei se adio.

— Sem magoar Laura, certo?

— Exatamente.

No silêncio, olhando o teto branco, imaginei o que Bia poderia dizer.

Escutei-a:

— Bem, este parece ser o ponto crucial. A situação pela qual você está passando atualmente o leva a questionar se este é o momento certo para o casamento. Você sempre foi conhecido por sua abordagem metódica na vida, e o casamento, uma decisão que impacta profundamente a vida de alguém, faz com que você hesite agora. E isso vem da compreensão de que ainda existem tarefas a serem concluídas antes de embarcar na jornada do casamento. Isso faz sentido para você?

— Faz muito sentido. Acho que eu tinha mais certeza de me casar antes de a minha mãe falecer. Não é culpa de ninguém, mas a morte dela me pegou de surpresa. Era a única pessoa que eu tinha.

— Ninguém tem culpa realmente. Nem mesmo Laura. Você chegou a pensar em alguma coisa para dizer para a sua noiva?.

— Não! — respondi com precisão.

Fiquei ali, refletindo sobre as palavras de Bia, percebendo que a minha jornada interior estava apenas começando.

— Laura faz terapia individual? — perguntou ela.

— Não.

— Então acho que uma terapia de casal poderia ser a chave para desembaraçar esses sentimentos e a comunicação entre vocês. O que acha?

A sugestão de Bia reverberou em minha mente como um eco de sabedoria. Uma terapia de casal poderia vir a calhar para que eu conseguisse dizer o que eu queria, que era darmos um tempo maior para nos casar. Quer dizer, a morte da minha mãe havia me pegado de surpresa e eu queria tempo para organizar melhor as coisas. Minha hesitação em casar era algo que eu precisava resolver. Mas uma pergunta insistiu em ressoar na minha mente: *haveria tempo hábil para uma terapia de casal?*

De qualquer maneira, a precisão de Bia em conectar os pontos se revelou um espelho introspectivo, refletindo a complexidade de minhas emoções. Essa sugestão oferecia não apenas uma solução prática, mas uma porta para desvendar as nuances subjacentes das minhas hesitações. Eu, o meticuloso executor das minhas próprias ações, confrontava a necessidade de desmantelar certezas para construir alicerces sólidos.

— Acho que tem razão, Bia. Pode ser o próximo passo para nós dois, mesmo que pareça assustador — findei.

— Os relacionamentos são como obras de arte. Requerem cuidado, atenção aos detalhes e, por vezes, uma paleta de cores completamente nova. O importante é estar disposto a explorar esse caminho.

Ao escutar aquilo, eu me lembrei novamente de José e a construção de suas obras. E assim, em meio àquelas reflexões, a consulta com Bia havia se tornado um ponto de partida para a compreensão mais profunda das complexidades que envolviam a minha vida pessoal e relacional. Enfrentar a verdade sobre o momento certo para o meu casamento se tornava uma jornada de autoconhecimento, catapultada pela simples perspicácia da minha antiga terapeuta.

Capítulo 20.

Ao chegar ao apartamento de Laura, encontrei-a imersa em seus rituais noturnos de cuidados estéticos. Precisava falar com ela sobre a terapia de casal, mas tinha que amadurecer isso ainda mais em minha cabeça. Então optei por não interrompê-la, respeitando a sua privacidade e compreendendo que aquele não era o momento para novas tentativas íntimas. Em vez disso, com a intenção de mergulhar nas complexidades do caso de José, escolhi um livro para auxiliar na minha pesquisa. Um bom vinho acompanharia a noite de reflexão e pesquisa, selando um compromisso conjunto de enfrentar os enredamentos da vida dele.

Escutei vozes vindo do quarto. Andei até lá e percebi que agora Laura falava animada ao telefone. Fiz sinal para ela que estaria na sala e encostei a porta. Organizei-me com cuidado e pensei em acender um dos charutos que havia ganhado de Ohana, mas não queria ser incomodado por Laura sentindo o cheiro e perguntando quem havia me dado aquele presente. Nem eu mesmo tinha certeza se queria aquilo.

Mergulhado na pesquisa do intrigante caso de José Geraldo, dediquei parte da noite à análise minuciosa de suas complexidades. Enquanto folheava os registros de suas sessões, buscava compreender as intricadas camadas que envolviam o seu relacionamento e as escolhas que o levaram a trair e a agredir a sua esposa. Anotava detalhes, padrões comportamentais e *insights* que emergiam na sua narrativa..

A cada página, a trama se desdobrava, revelando não apenas as questões conjugais, mas também os desafios individuais que contribuíram para o desenlace da situação. Sua posição de comando certamente o colocava numa posição dominadora, visto a maneira como ele falava comigo no consultório. Motivado pela vontade de oferecer a José uma orientação eficaz, mergulhei nas nuances psicológicas do caso, buscando compreender não apenas as ações, mas as motivações profundas que o impeliam. E o vinho repousava ao meu lado, como um companheiro silencioso para uma noite dedicada à investigação.

Fui surpreendido por uma vibração do meu celular. Era uma mensagem de Ohana:

Oi, Nicolas! Boa noite! Espero não estar incomodando, mas por acaso você tem o telefone de algum colega ou amigo psicanalista para me

indicar? Seria para mim mesma, sabe? Eu não ando muito bem e gostaria de ajuda profissional.

A solicitação me fez ponderar se aquilo não era apenas uma questão de mantermos contato. Contudo, quando alguém pede ajuda dessa maneira, é impossível recusar. A dúvida, então, pairou sobre mim: quem eu poderia indicar? No primeiro instante, só pensei em Bia, pois tinha acabado de me encontrar com ela. No entanto, outra pergunta surgia na minha cabeça, forçando uma mudança de rumo no meu pensamento: *Afinal, do que será que ela realmente precisa?* Estava convicto que algo diferente acontecia com Ohana depois que vasculhei o seu perfil no Instagram e vi aquelas reuniões misteriosas. *Mas o que seria aquilo?* Então, imaginando que não havia melhor chance de saber, respondi a ela:

Oi, Ohana! Tudo bem? Olha, eu posso indicar várias pessoas sim, mas, se você quiser, posso conversar com você antes no meu consultório. Assim poderei fazer a melhor indicação para o seu caso. O que acha?

Ohana respondeu prontamente:

Tenho medo... Afinal, nos conhecemos bastante e não sei se me sentiria à vontade!

Antes que ela pudesse dizer mais alguma coisa, concluí:

É comum, mas sei separar o lado profissional do pessoal. Podemos nos encontrar amanhã de manhã. Tenho horário livre, pois tiro esses dias para estudar os casos. Sendo assim, estou disponível.

Ohana, por fim, aceitou o convite sem mais resistência. Combinamos a hora e passei o endereço do consultório para ela.

Por um instante, presumi que fosse o que ela desejava desde o início, o que me deixou empolgado. No entanto, ainda assim, a minha intenção era conversar com ela e, se necessário, indicar alguém para seu tratamento, a depender do que fosse. Essa situação alterou a minha perspectiva em relação à Ohana. Ela tinha se demonstrado uma mulher de posses, havia prosperado na vida. E sozinha. Era autossuficiente. No entanto, qual ser humano não tem os seus desafios? Além disso, enxerguei essa como uma oportunidade de mantermos o contato sem pesar na consciência. Se eu precisava me ajudar, não adiantava ficar longe dela. Seria também uma forma de conhecer mais sobre a sua vida atual.

Mas não era o momento de contemplar essas possibilidades. Era hora de aguardar Ohana e entender como eu poderia ser útil para ela..

No entanto, após aquele episódio, o caso de José não ocupou mais minha mente naquela noite. Meus pensamentos se voltaram exclusivamente para Ohana.

Capítulo 21.

Cheguei cedo ao consultório. Queria estar tranquilo e concentrado para ouvir Ohana. Enquanto esperava, fiz uma breve reflexão sobre o que sabia dela: uma artista plástica vinda de uma família classe média, com vasta experiência em viagens, uma vida solitária e envolvida em reuniões misteriosas, onde palavras como "feminismo" e "incel" chamavam a minha atenção. Tudo indicava que ela tinha, hoje em dia, uma causa pela qual lutava fervorosamente. No entanto, durante nosso último encontro, não havia percebido nada disso.

Ela chegou tão atrasada que achei que não viria mais.

— Oi, desculpe, Nicolas, eu não sabia se podia bater, porque tem essa placa aqui...

— Não, não se incomode. Entre, por favor! — respondi com os olhos brilhantes. Ohana estava irresistível novamente, vestindo um vestido curto, maquiada, usando um perfume semelhante ao de Laura, o que me impactou por um momento. *Será que ela sempre me surpreenderá toda vez que nos encontrarmos?*, pensei, fechando a porta.

— Olha, se tiver problema... eu não quero incomodar. — Dessa vez, Ohana parecia acanhada. — Quer dizer, você trabalha com psicanálise, eu não sou a sua paciente e eu não quero misturar as coisas, entendeu?

— Não vamos misturar, eu garanto. Eu pensei em te escutar primeiro porque me ajuda a saber exatamente qual é a sua dificuldade e de qual tipo de profissional você precisa. Conte apenas o que quiser.

— Ok. — Ohana pousou a bolsa no divã e andou um pouco pela sala. Ela passou pelas três prateleiras de vidro perto da porta e interagiu com o pequeno busto de Freud em uma delas. — É uma peça muito bem feita! Você realmente tem bom gosto.

— Obrigado.

— Você sabe que o seu consultório é exatamente como eu pensei que seria?

Abri um sorriso receptivo. Logo depois, ela pisou no tapete de encaixe emborrachado que usava para me sentar no chão quando atendia crianças. Ohana reparou na parede colorida e deduziu que a sala se dividia em dois ambientes.

— Estou certa? — perguntou.

— Sim. É isso mesmo. Nessa pequena parte aí, eu atendo as crianças e brinco com elas no chão.

— Muito fofo! Vocês pretendem ter filhos, Nico? Você e a sua esposa?

— É a minha noiva ainda. E... acho que sim.

— Acho que nós dois nunca falamos sobre filhos na nossa juventude, não é mesmo?

Fiquei sem graça, sem saber o que dizer. Ela parou mais um instante e ficou olhando, de braços cruzados, para o desenho de um cenário na parede.

— É a sua cara. É estiloso, infantil e tem um toque de cores diversificadas. Ficou bom! Mas falta um toque estético melhor.

— Como assim? — Fui até ela.

— Você poderia colocar algo mais chamativo para uma criança: cores mais hipnotizantes, desenhos infantis famosos e até pequenas pistas e casinhas para usar a parede na brincadeira.

Olhei para a parede e voltei-me para ela, sorrindo:

— Nunca pensei nisso. Quem sabe você poderia me ajudar depois. — Continuei enquanto Ohana sorria: — Mas, acomode-se, por favor! — E indiquei o lugar a ela.

Fiquei observando Ohana sentar-se no divã. Seu vestido, inevitavelmente, subiu um pouco, me deixando desconcertado. Quando me dei conta, saí daquele transe momentâneo e perguntei:

— Quer um cappuccino de máquina?

— Quero sim.

— Ok!

Ohana permanecia sentada, com os olhos fixos em cada movimento que eu fazia, mostrando que a sua presença naquela sala era primordial para mim. Preparei as bebidas e, ao entregar a xícara dela, iniciei a conversa:

— Então, minha amiga, o que está acontecendo? O que faz você querer procurar um psicanalista? — Dei uma golada no café, focando a atenção nos olhos dela.

— Eu sinto falta de terapia. Eu gosto. Sempre gostei. Já consultei um psicólogo antes, mas acho que a psicanálise pode me ajudar mais.

— E em quê?

— Tenho precisado desabafar sobre os meus sentimentos. Nada parece dar certo.

— Recebo muitos pacientes assim.

— Mas, talvez, nenhuma que você conheça tanto, não é?

Ajeitei-me na cadeira, sem nada dizer. Ela continuou:

— Eu venho me sentindo muito solitária, sem uma pessoa do meu lado. Quer dizer, alcancei o sucesso em outras partes da minha vida. Mas não tenho com quem dividir tudo isso.

— Você não tem um namorado? — perguntei, curioso.

— Não. Minhas relações nunca foram duradouras.

— Em todos estes anos?

— Você quer dizer, desde que nós dois perdemos o contato? Bem, parece que a minha vida amorosa ficou amaldiçoada...

Senti-me um pouco incomodado com o peso da frase. Na verdade, fazia tanto tempo que a minha mente não lembrava mais das reais causas do nosso afastamento. Eu nem sequer sentia culpa de algo.

— Podemos evitar falar sobre o nosso passado e focarmos no que aconteceu daí pra frente, o que acha? Presumo que, assim, consigo ajudá-la melhor.

— Tudo bem. Me desculpe.

— Não precisa se desculpar. Continue.

— Eu nunca encontrei o homem certo e, na verdade, ainda me acho nova, então eu tenho esperança de ainda me relacionar, namorar e, quem sabe, né? — Ohana respondeu enquanto deslizava o olhar pelo consultório.

— Até casar?

— E por que não? — ela replicou. — Você está para se casar e está gostando da ideia, por que não daria certo para mim?

— Claro... mas nenhuma das pessoas com que você se envolveu, valeu a pena? — questionei.

— Pra ser sincera, não. Aí é que está o problema. — Ohana deu seu último gole no cappuccino e não soube onde colocar a xícara. Fiz um gesto para que entregasse para mim.

— Nem nos grupos que você participa? — perguntei, tentando entender mais sobre a sua vida.

Ohana movimentou rapidamente os olhos demonstrando certa surpresa. Não chegou a arregalá-los, mas ficou visivelmente curiosa. Eu imaginava o que ela estava pensando: *Ele me stalkeou?* Bem, eu havia começado a segui-la no Instagram, e ela já estava ciente disso. Fiquei preocupado pelo peso das minhas palavras e por elas terem saído sem filtro, mas ao mesmo tempo, queria demonstrar o meu interesse genuíno por sua vida. Porém, ela não me respondeu nada sobre aquilo. Foi como se eu nem tivesse falado.

— Os últimos homens que conheci foram por meio de aplicativos de relacionamento. Acho que toda pessoa solteira ou recém-separada passa por isso em alguma fase.

— E como foram essas experiências?

— Às vezes, cheguei a pensar que valeria a pena, mas ao me aprofundar um pouco mais na vida do cara, percebi que seria outro que me machucaria. E, rapidamente, deixava de manter contato com ele.

— Isso me parece um pensamento ansioso.

— Talvez. Falando sobre isso, a vida se tornou chata e acelerada, e eu acho que o celular é o culpado. E eu corri justamente para os aplicativos, para tentar conhecer alguém rapidamente. Entende o problema? Foi um erro.

— Então você percebia que ao se encontrar com alguém e tentar um namoro, não seria mais bem tratada, não é?

— Exato. E foi aí que eu cheguei a tentar até mesmo um...

— Um?

— Posso te contar um segredo? Tenho confiança em você.

— Claro.

— Eu tentei ter um namorado virtual. Nunca vi o cara pessoalmente. E, mesmo assim, não deu certo. — Percebi que Ohana baixou a cabeça, como se estivesse arrependida de ter começado.

— Relacionamentos virtuais costumam não ir para a frente mesmo. — Eu me senti incomodado por ela e quis dizer qualquer coisa, mas não tinha tanta base assim para discernir sobre aquilo, somente o que eu lia em entrevistas e matérias aleatórias.

— Bem... não foi apenas isso. Acho que este cara foi o pior de todos.

— Mesmo distante?

— Ele... ele... fez coisas erradas. — Ohana levou as mãos ao rosto rapidamente, num gesto de alguém que quer chorar. Logo depois, se recompôs: — Era um cara manipulador. Quando eu mais achei que desta forma não me machucaria, pois não havia contato físico, foi quando coisas ruins aconteceram.

— Quer me contar?

— Não.

Percebi o bloqueio, levantei-me para pegar a caixa de lenços e sentei-me ao seu lado para oferecer-lhe. Ohana estava emocionada, mas não ao ponto de chorar muito. Devia ser alguma lembrança bastante pesada.

— Toma, pega um. — Coloquei a caixa de lenços do seu lado esquerdo, depois que ela retirou um. E, então, pousei a minha mão sobre a dela, que estava sobre a sua coxa. — Tem sempre alguém que...

Antes mesmo de concluir a frase, Ohana se virou em minha direção, com os olhos ainda molhados, vibrando-os nos meus. E eu me vi diante do maior dilema dos últimos dias.

Sem saber o que me movia, pousei a outra mão em seu rosto, acariciando-a na bochecha, e dei-lhe um beijo ardente e cheio de desejo, como não fazia com Laura há anos.

Cada toque dos lábios era como uma dança envolvente, onde o tempo parecia suspenso, e apenas a intensidade do momento importava. Suas mãos macias e quentes acariciavam a minha nuca, enquanto as minhas buscavam o contorno delicado de seu rosto.

O desejo, nos últimos dias acalmado, acendeu-se como uma chama voraz, fazendo-me perder a noção de tudo ao meu redor.

Ohana retribuía cada beijo com paixão, seus olhos fechados denotando entrega total ao instante. Enquanto isso, uma sinfonia de sentimentos contraditórios passou a ecoar em minha mente, pois, ao mesmo tempo em que o prazer do reencontro me inundava, uma pontada de culpa se fazia presente. Afinal, eu estava comprometido com Laura e aquela troca de carícias fugia totalmente dos limites éticos que deveriam ser preservados. Sem contar que a havia prevenido de que estaria ali como terapeuta, nada mais.

Mas, com certeza, toda aquela conversa que incluía sobre como éramos quando jovens, tinha me impulsionado a fazer aquilo.

Quando finalmente consegui me desvencilhar daquele turbilhão de emoções, Ohana parecia acolhida em meu braço, e uma tensão carregada pairava no ar. A sala silenciosa do consultório refletia a perplexidade do momento. Meus olhos encontraram os dela, ainda úmidos, e, por um instante, estávamos perdidos na intensidade daquele encontro.

Eu me levantei abruptamente, com um misto de confusão e arrependimento preenchendo o espaço entre nós. Ohana permaneceu sentada, seus lábios agora com um rubor sutil, talvez reflexo do calor que havíamos compartilhado. O que tínhamos feito, por mais fugaz que fosse, deixava um rastro de incerteza e desconforto no ar.

Fiquei em pé diante dela, sem coragem para encarar o que havíamos acabado de provocar. As palavras pareciam presas na garganta, e a atmosfera que antes era carregada de desejo, agora se transformara em um campo minado de consequências imprevisíveis.

Ela apertou o lenço de papel na mão, transformando-o em uma simples bolinha de papel. Voltei a sentar em minha cadeira:

— Desculpe! — disse eu. — Eu me exaltei. Eu não deveria ter feito isso. Não quero que se sinta mal, Ohana, por favor.

— Tudo bem — ela disse, passando os dedos nos lábios ainda borrados. — Eu também permiti. Quer dizer, eu participei, né? Então, não se culpe, tá? E pode deixar que eu não conto pra ninguém, muito menos para a sua esposa. Será nosso segredo.

— Noiva — lembrei-a novamente. — E eu estou bastante sem graça com isso. — Eu a encarava, mas quando era correspondido, olhava para o chão em sinal de vergonha. — Eu não quero que pense mal de mim. Você veio me contar uma coisa séria, eu me solidarizei com você e acabei me envolvendo.

— Você é um homem de desculpas fáceis?

— Como assim?

— O melhor seria ter dito que gostou! Parece um garoto sem graça.

Percebi o meu coração tremer com aquele novo apontamento. *O que ela tentava me dizer? O que tinha ficado para trás e eu não estava compreendendo?*

— Não é isso...

— Esquece! — Ohana pegou a bolsa e se levantou rapidamente, ajeitando o vestido que parecia ter subido um pouco mais em suas coxas. — Vamos deixar como está, Nico! Ninguém tem culpa. Só aconteceu. Não vamos fazer isso parecer uma coisa horrível. Eu não vou contar nada, tá bom? Somos amigos. Eu acho que era uma coisa que estava destinada a acontecer. Só isso.

Ohana apenas caminhou até a saída. Acompanhei-a de perto. Paramos, um de frente para o outro, na beira da porta. Ainda existia ali uma energia atrativa, e por causa do perfume, parecia que era Laura à minha frente. Mas o choque de realidade veio quando, ao nos despedirmos, Ohana me deu um breve selinho.

Quando ela entrou no elevador, não soube se deveria se sentir feliz ou preocupado. Havia uma chama ardente acesa dentro de mim. Imaginava que, se Ohana voltasse atrás e entrasse novamente pela porta, nós dois poderíamos rolar pelo chão e fazer o consultório inteiro tremer ao nosso redor.

Meu corpo estava inundado de desejo e de angústia.

Por um lado, pensava em como era bom reviver essa paixão intensa que sempre sentira por Ohana e como essas memórias do passado me levavam a momentos felizes. Por outro lado, pensava em Laura, em tudo o que estávamos construindo juntos, e como poderia desmoronar facilmente.

Passei as mãos na cabeça e voltei a me sentar em minha poltrona. Para piorar, percebi que não havia encaminhado Ohana para nenhum profissional e não havia lhe dado conselho algum. Tentei entendê-la como uma paciente e não fora bem-sucedido. Por fim, agravara o quadro, furara a ética e explorara a sua fraqueza em um momento tão sensível. Não havia contribuído em nada para ela. *Que diabos eu fiz?*

Sentia-me mal, culpado. Tinha que agir para remediar a situação. Não era interessante afastá-la agora, mas sim, o contrário: eu iria encontrá-la de novo, só que agora em um local público, para conversarmos como amigos e tentar trazer de volta a amizade que sempre mantivemos.

Ohana merecia respeito, e eu estava determinado a não deixar que esse episódio abalasse a nossa amizade.

Capítulo 22.

Passadas apenas vinte e quatro horas, eu não conseguia parar de pensar no que havia acontecido. A sensação era de que meu castelo de areia estava se deteriorando à medida que eu tentava firmá-lo ainda mais.

As coisas não estavam indo bem com Laura, com Teresa, com o casamento e o segredo que eu guardava com o meu advogado tornava tudo mais complicado. Agora, ao tentar ajudar Ohana e ocupar o meu tempo com alguém do passado, imaginando que aquilo poderia elevar o meu ânimo, acabei agravando a situação, transformando a minha amiga em mais um elemento negativo na intrincada teia de complicações que eu mesmo estava tecendo.

Acuado pela ansiedade, preferi tomar café sozinho na cozinha, naquela manhã. Desejava passar um tempo longe, até mesmo da minha noiva, com medo de que, se ficasse muito perto dela, as coisas piorassem ainda mais. Retornar para o meu apartamento era uma opção, mas pouco viável. Laura não entenderia o afastamento. Então, eu precisaria me conter.

— Oi, amor, bom dia. — Laura entrou com aquela voz animada que possuía sempre que tinha boas notícias em seu trabalho. Eu não correspondi, mantendo-me em silêncio. — O que foi? — perguntou, preocupada.

— Nada. Bom dia. — Dei-lhe um beijo e continuei: — Outro café da manhã com cliente?

— Como sabe?

— Hmmm... Você não se arrumou para tomar café comigo, não é?

— Eu não havia te dito, não é? Sua noiva está voando agora. — Laura girou seu corpo, como se quisesse se exibir para mim. — Está com ciúmes, é? Pois deveria ter orgulho. — Ela parecia firme, confiante e de bom humor, algo raro nos últimos tempos.

Recordei-me das últimas vezes em que me aproximei dela na cama e ela tinha me evitado. Segurei-a firme pela cintura. Pensei em aproveitar aquele momento para tentar nos aproximar mais, mas ela me afastou, dizendo que ia borrar a maquiagem e que não era hora para sexo. Foi até a sala para ajeitar o cabelo diante do espelho.

— Não me leve a mal, amor! Mas estou com compromisso com cliente daqui a pouco.

— Desculpe. Foi erro meu. Bobagem. Está dando resultado, não é? Você já conseguiu fechar o novo contrato? — Pousei a mão no batente da porta da cozinha, mudando de assunto para não deixar o clima ainda mais constrangedor.

— Fechei. Na verdade, quase todas as minhas condições foram aceitas, e agora estamos só fazendo pequenos ajustes.

— Muito trabalho?

— Nem tanto, mas precisa ficar do jeitinho, né? Isso é bom, pois vou me aprimorando. São os clientes que fazem a gente evoluir. É assim com você também no consultório, imagino.

— Sim. — Lembrei-me imediatamente de Ohana.

Laura pegou a bolsa e me deu outro beijo.

— Estou atrasada. Sei que não temos passado muito tempo juntos, mas estou aproveitando a oportunidade. E isso é bom para nós dois.

— É, sim.

— E você, o que vai fazer hoje? Não tem pacientes?

— Hoje, não. Esta semana estou trabalhando de casa, revisando meus casos e fazendo atendimentos online. Você vai chegar tarde?

— Não. Mas se acontecer, tem comida na geladeira. Ou se você preferir pedir alguma coisa...

— Tudo bem.

Laura abriu a porta da rua e eu fiquei um pouco frustrado. Quis correr e agarrá-la para que mudasse de ideia, jogá-la no sofá da sala e fazer sexo ali mesmo, mas sabia que seria dispensado outra vez. Todavia, o crescimento profissional dela também me deixava animado.

Vamos ver o que acontece!

Depois de colocar a xícara vazia na pia e limpar as migalhas de pão da mesa, fiquei pensando no que poderia fazer para passar o dia. A lembrança de Ohana veio à tona, ela tinha evitado o assunto das reuniões com a mesma intensidade com que Laura fugia de mim nos últimos dias. Por que Ohana não tinha respondido nada sobre os grupos quando eu havia perguntado? Será que isso tinha a ver com o fato de ela estar procurando ajuda e querer um terapeuta? E que tipo de mal aquele sujeito que comentou tinha feito para ela?Aproveitando que estava sozinho, liguei o notebook para pesquisar.

Entrei primeiro no perfil de Ohana, analisando as fotos dela viajando sozinha. Depois, procurei novamente as fotos em que ela aparecia nas reuniões. Não notei nada de novo. No entanto, na aba de vídeos, reparei que havia um conteúdo que ainda não tinha acessado. Havia em torno de cinco vídeos, e resolvi dar *play* no primeiro. Parecia um desses vídeos que a pessoa publica para dar uma indireta a alguém, não sabia. Ou um alerta para os outros. Nele, uma mulher norte-americana dava um depoimento bastante pesado sobre estupros. Na legenda, aparecia o nome: "Estupros

Virtuais". Nunca havia ouvido falar. Então, resolvi pesquisar o significado desse termo.

Segundo informações aleatórias da internet, um estupro virtual acontecia quando alguém sofria uma espécie de chantagem sexual de outro, em que a vítima precisava fazer algo de conteúdo sexual para satisfazer esse outro, com a ameaça de que ela sofreria alguma violência física ou emocional do violador, caso não cumprisse. Ou seja, pessoas que ameaçavam outras, de forma virtual, para tirarem a roupa, cortarem-se na frente das câmeras ou produzirem algum tipo de conteúdo sexual; e, se não fosse feito isso, o violador criaria uma exposição pública do violado, fosse mostrando conteúdo íntimo para familiares, fosse com ameaças de morte dela própria ou de entes queridos. *Que horror!*

Perguntei-me o que Ohana tinha a ver com aquela história. Nos segundo e terceiro vídeos de seu perfil, o assunto continuava, e as supostas vítimas de estupros virtuais mostravam novas facetas do crime: uma mulher contava que havia automutilado a própria vagina em frente a uma câmera, a pedido de um estuprador. O mesmo fora preso após ela denunciar à polícia; no entanto, a sequela tinha ficado e ela chegou a se separar do atual marido. No outro, uma adolescente afirmava que o estuprador dizia a ela que, se não fizesse tudo que ele mandasse, seus pais não gostariam mais dela. E, depois de se mostrar nua por vídeo para o mesmo estuprador, que aparecia mascarado, ele dizia que mostraria os vídeos para seus pais, caso não continuasse. Um show de horrores!

Havia mais um vídeo que era técnico; ou seja, uma psicóloga palestrava sobre os prejuízos mentais de uma pessoa que sofria um crime de estupro virtual. Por fim, no último, havia um depoimento de uma figura embaçada de mulher que dizia ter sofrido o mesmo estupro.

Fiquei mais intrigado com este. O vídeo tinha também distorção da voz, e tentei comparar a imagem da mulher, das roupas e do jeito a Ohana. Talvez fosse ela na imagem? Teria sido ela vítima de um crime de estupro virtual? Seria esse o motivo de ela procurar ajuda?

O impulso de pesquisar mais sobre Ohana era forte, mas algo dentro de mim sussurrava que era hora de parar. Havia passado um tempo precioso mergulhado nos vídeos, nas fotos e nas palavras compartilhadas por ela. E um sentimento de desconforto cresceu imensamente.

A pena se misturava com a vontade de ajudá-la, mas as motivações por trás da divulgação daqueles vídeos permaneciam obscuras. Eu me debatia entre a incerteza e o desejo genuíno de compreender o que levara Ohana a compartilhar momentos tão íntimos e dolorosos.

Ao me afastar do computador, sabia que precisava traçar limites claros em busca por respostas. Era como se estivesse dançando na beirada de um abismo, dividido entre a curiosidade humana e o respeito pela dor alheia, de uma amiga. Tinha uma necessidade intrusiva de entender cada detalhe da vida de Ohana.

Eu não conseguiria nada além daqueles vídeos. Mas haviam as reuniões, o grupo do qual ela participava. Somente uma boa pesquisa em lugares mais privativos na internet me dariam a resposta. Mas eu não tinha experiência técnica para fazer aquilo.

Só que conhecia alguém que tinha.

Capítulo 23.

Pela segunda vez, Paulo comparecia presencialmente ao consultório. E, agora, com uma novidade: não estava acompanhado da mãe. Segundo ele, ela havia ficado esperando no carro, estacionado à frente da portaria do prédio, a pedido dele. Perguntei o motivo da mudança e ele respondeu que estava se sentindo mais seguro e que não precisava que ela o acompanhasse em tudo. E, assim, fizemos uma sessão surpreendente.

Ele me contou que, desde a última visita ao consultório, ficara muito pensativo sobre sair ou não de casa, principalmente porque seus amigos não saíam. Disse ter inveja das famílias dos amigos, pois os pais eram participativos e faziam passeios juntos, coisa que não acontecia com ele. Sendo assim, mesmo que os amigos ficassem bastante tempo em casa, havia a opção de saírem com os pais, enquanto ele permanecia sempre isolado, dentro do quarto. Isso não fazia sentido mais para ele. Então, resolveu dar pequenas saídas sozinho pelo bairro para ir se acostumando. Foi à padaria, ao mercado e ao açougue para a mãe, e recebeu elogios dela.

Preferi não entrar no assunto do pai ainda, pois Paulo não dizia nada sobre ele. Por fim, disse que gostou muito da terapia, percebeu o quanto ficou melhor e que queria continuar vindo presencialmente, de preferência sem a mãe. Rimos juntos.

Faltando poucos minutos para o fim da sessão, pedi um favor a ele:

— Antes de terminarmos, eu gostaria de conversar com você sobre uma coisa. Na verdade, eu gostaria de te pedir um favor. Posso?

— Sim.

— Vejo que você é um garoto muito esperto, inteligente e que tem um conhecimento muito acima do meu sobre o mundo virtual.

Paulo abriu um sorriso convencido. Não me importei. Continuei:

— Pois então, meu caro Paulo, eu preciso de um material sobre incel e estupro virtual. De preferência, correlacionados. Quero que procure por um nome: Ohana Figueira. E relacione as duas coisas. É possível?

— Você quer saber se essa tal de Ohana está envolvida nisso, correto? — perguntou ele, curioso.

— Isso mesmo. Preciso relacioná-los. Trata-se de um caso importante para mim e que pode estar em risco de vida. Sendo assim, é confidencial, ok? Ninguém pode saber. O que acha? Estou tentando pesquisar na internet, mas encontro poucas coisas. Talvez com o seu conhecimento... — Senti que havia mexido no ego dele.

— Claro. Podemos fazer negócio.

— Negócio? — Achei estranho. Não esperava por essa.

— Vou pensar em um favor para pedir a você e fazemos uma troca.

Embora soasse estranho, eu aceitei, pois o meu pedido também não era nada convencional. Imaginei que ele dissesse "não" para mim ou mesmo que iria pensar, mas nunca nesta saída. No fundo, achei ótimo, pois tirava o peso de mim, uma vez que estava pedindo um paciente para investigar algo da minha vida pessoal. De qualquer modo, achei prático e acolhedor.

— Aceito — respondi e apertamos as mãos. — Tente procurar vídeos ocultos e escondidos, de entrevistas ou conteúdos que eu não teria acesso facilmente e sobre estes temas. — Sorri. – Preciso disso o quanto antes.

— Sem problema. Pode deixar comigo. Nos vemos na próxima.

— Com certeza. Eu aguardo você.

Ele ajeitou o óculos, passou pela porta e se foi. Nem parecia o garoto introspectivo descrito antes pela mãe. Também não parecia o hacker perigoso; era apenas um menino com seus próprios problemas, só isso. Fiquei satisfeito com o progresso rápido. Por fim, pensei também em Ohana e me veio uma vontade imensa de entrar em contato com ela. Queria me desculpar pelo beijo, assumir a responsabilidade e refazer a oferta de ajuda.

Enviei uma mensagem:

Oi, Ohana! Tudo bem? Gostaria de conversar pessoalmente com você o quanto antes. É possível? Aguardo retorno.

Pronto! Havia avançado em duas frentes, com Paulo e Ohana. Agora, a resposta dos dois não dependia mais de mim. Eu precisava aguardar.

Paulo era a melhor pessoa para me ajudar a entender Ohana e como ela poderia estar envolvida com estes temas tão estranhos. Assim que eu soubesse o que ela tinha a ver com isso, estaria apto para ajudá-la mais. O segundo passo, de me reparar com ela, também era extremamente importante. Tinha sido tomado por sentimentos tolos e infantis, e não dera a devida importância ao relato pesado dela. Certamente, ela havia saído mais confusa da nossa conversa do que tinha entrado.

Ohana respondeu a mensagem uns cinco minutos depois. Alegou que estava ocupada no momento, mas que aceitaria uma bebida no fim do dia. Achei ótimo e pedi que ela escolhesse o lugar desta vez. Ela enviou o endereço e me preparei mentalmente para o encontro.

Quem sabe um dia eu possa apresentá-la à Laura. Seria uma maravilha se as duas se dessem bem.

Capítulo 24.

Naquela noite, cheguei um pouco antes no endereço combinado com Ohana e logo percebi algo peculiar, a ausência de um restaurante próximo. Estacionei o carro no número exato que ela indicou, e para minha surpresa, era um hotel luxuoso no bairro Belvedere. Ao entrar, mencionei o nome de Ohana para a recepcionista e a mulher confirmou que ela me aguardaria no restaurante do hotel. Agradeci e caminhei até lá. *Então, beberemos no restaurante de um hotel caro? Diferente!*

Busquei Ohana com os olhos, mas não a encontrei. Com pouca movimentação naquele horário, decidi esperar no balcão de bebidas.

Ao perguntar ao garçom se poderia beber algo ali mesmo, ele prontamente ofereceu o cardápio. Sem querer extravagâncias, pedi apenas uma cerveja long neck. Ao segurá-la e virá-la na boca, nervoso, deixei derramar um pouco no balcão.

— Desculpe — murmurei. O garçom apenas me olhou com a expressão de quem percebia que eu não era "local", e passou um pano rápido no balcão molhado.

Decidi ir até o banheiro lavar o rosto. Lá dentro, conferi o meu celular e vi que Ohana tinha enviado uma mensagem:

Nicolas, você já chegou? Por favor, você pode subir no quarto 610? Logo depois desceremos para jantar. Pode ser?

Guardei o celular antes de responder, achando estranho ela estar hospedada no hotel, considerando que morávamos na mesma cidade. Aliás, pelo que sabia, ela ainda morava na rua da minha mãe.

Enxuguei as mãos no ar quente do secador e avisei por mensagem que estava subindo. Depois indiquei ao garçom que subiria rapidamente e voltaria. Ele fez um gesto positivo com o dedo e entrei no elevador.

No corredor, localizei o número indicado por ela e vi uma porta entreaberta. Era ali. De dentro, escutei sua voz:

— Estou aqui!

Abri a porta, fechei-a atrás de mim e fiquei de pé, ainda na entrada.

— Entre, entre.

Quando finalmente me movimentei, vi Ohana sentada na cama, à meia luz, vestida apenas com sutiã e calcinha. Fiquei imóvel, abobalhado, com os olhos arregalados na direção do seu corpo incrível.

— Estou pensando na roupa que devo vestir para jantarmos lá no bar — disse ela. — Ou então...

— Ou...?

— Podemos conversar aqui mesmo.

Era claro que não havia nenhum motivo real para que ela pedisse para eu subir. Eu tinha certeza que Ohana havia planejado aquele encontro no quarto, e a última frase dela só denotava o desejo de continuarmos lá dentro.

Depois de ser pego de surpresa, algo inesperado se libertou dentro de mim, e até me agradou. Uma pequena explosão nas minhas células.

Não pensei em mais nada. Caminhei na direção dela e, fazendo o mesmo movimento, nos beijamos e caímos na cama. Comecei a arrancar a lingerie dela enquanto ela desabotoava a minha calça. Logo nossas roupas estavam no chão e sentimos nossos gostos pela boca.

Em seguida, Ohana apoiou as suas costas na cama e abriu as pernas, como se me convidasse a explorá-la. Excitado como nunca, comecei a penetrá-la, e imediatamente percebi alguma resistência.

Ela gemeu e gritou tão alto que me preocupei com as pessoas no corredor do hotel.

Quando finalmente me senti dentro dela, por um breve segundo, vi meu pênis e uma parte do lençol manchados de sangue. Parei por um instante, voltando então a minha atenção para o seu rosto.

— Você é... virgem?

— Sou totalmente sua. Pronta para você.

Percebi a contração forte das paredes vaginais de Ohana e o sangue escorrendo, e aquilo me excitou como nunca. Não conseguia explicar o motivo, mas sabia que aquilo me envolvia mais e mais no ato sexual. *Toda minha*, pensava alucinadamente. *Toda para mim. Virgem para mim!* A partir desse ponto, não parei mais. Forcei ainda mais com o pênis e penetrei também com os dedos na outra parte íntima. Beijava-a ardentemente, tanto a boca quanto os seios.

Talvez fosse exatamente assim que transaríamos na adolescência, quando gostávamos um do outro.

Ohana gemia e se entregava sem limites, abrindo-se para ser tocada onde eu quisesse. Não colocava uma objeção sequer, nem reclamava. Nós dois nos entregávamos por completo, e ela repetia incessantemente para mim:

— Sou toda sua. Você é o meu dono.

O que me excitava cada vez mais, fazendo até com que eu brincasse com o ânus dela. Tinha a impressão de que, se eu o quisesse, ela aceitaria, mas me contive.

O ato sem freios da relação sexual chegou ao fim, comigo em êxtase e o rosto de Ohana totalmente avermelhado. Ela me beijava várias vezes na boca, aparentemente glorificada.

— Foi a melhor coisa que já me aconteceu! — disse ela enquanto eu me virava na cama com o lençol manchado cobrindo parte do meu corpo. De bruços, ela era agora como uma pintura renascentista.

— Eu não imaginava que você... — disse, ainda incrédulo.

— Te reencontrar não foi por acaso.

— Como assim?

— Algo sempre me disse que tinha que ser você, Nico. Eu me guardei para você.

Sorri, mas ao perceber que Ohana falava sério, retomei a pergunta:

— Isso é verdade?!

— Sim, por que não?

— Porque é estranho, né? Acabamos de nos rever... Como sabia que chegaríamos a esse ponto? Transar?

— Quando eu te vi na rua, fiquei alucinada. Agora eu percebo que estava te esperando.

Ohana se levantou da cama e só então reparei em alguns pequenos riscos, parecendo terem sido feitos por giletes e próximos da sua vagina. Lembrei-me dos vídeos sobre estupros virtuais, onde os agressores mandavam as pessoas cortarem as suas partes íntimas em frente às câmeras, para se masturbarem.

Aquilo me amedrontou.

Ohana foi até o banheiro e voltou, deitando-se nua sobre mim. Acariciou meus cabelos.

— Você foi delicioso! — disse ela. — Do jeito que eu sempre quis. Do jeito que eu sempre imaginei. — E me beijou várias vezes, mas agora, eu não retribuía.

— Você também é maravilhosa, mas... Ohana... sou praticamente casado e me envolvi com a minha amiga...

— Seríamos um casal, em outra época — disse ela, parecendo não se importar.

— Talvez. — Seus beijos continuaram e me percebi mais uma vez excitado. Tinha que fazer algo. — Eu preciso ir. Me desculpe. — Eu me levantei rapidamente. E, enquanto vestia a roupa, perguntei a ela: — Por que escolheu este hotel? Você mora na rua da minha mãe, não é?

— Sim, mas em outra casa, não a que cresci. Meus pais se mudaram depois que fui morar em Londres, onde me graduei em artes. Somente após muitos anos, eu voltei e reformei aquela antiga casa que fica no final da rua.

— Aquela que às vezes usávamos para nos esconder, porque ninguém mais morava nela?

— Isso mesmo.

Meu corpo inteiro estremeceu ao escutar a confirmação de Ohana.

Finalmente eu me lembrei de um episódio de quando tínhamos cerca de dezesseis, dezessete anos. Ohana, em um momento de ousadia juvenil, propôs mais uma vez que nos encontrássemos naquela casa abandonada que hoje é um amontoado de memórias. Não era costumeiro, mas tínhaé mos um fascínio pela casa. Quando fomos até lá, ela se ofereceu pra mim num gesto tão intenso quanto inusitado: ela desejava transar comigo, naquele dia, às escondidas.

Iniciaram-se os beijos, as mãos ardentes, mas então o silêncio pesou entre nós e, muito jovem e movido pelo medo de que os pais dela descobrissem, acabei recusando a proposta. Eu não queria que a mãe dela ficasse brava comigo. Na verdade, cheguei a fugir. Chamei-a comigo, mas ela não quis ir. Então ficou sozinha na casa. Rejeitada. Devia ter ficado decepcionada. Imaginei que fosse isso.

Embora tenhamos nos encontrado algumas vezes depois, somente agora, bem mais maduro, eu considerava que fora ali que a nossa relação começou a degringolar. A rejeição que pairou naquele dia podia ter deixado sequelas profundas em Ohana; algo que, só então, com o peso do passado ressurgindo, consegui compreender em sua plenitude. E a sua virgindade, que era para ter sido extinguida naquele dia, perdurara até esta noite. Com a mesma pessoa que ela escolhera duas vezes.

Então é por isso que ela disse que se guardou? Para mim? Desde aquele dia?

Eu só conseguia pensar que parecia ser uma ação sádica, comprar a mesma casa em que isso tudo havia acontecido.

— Então você já planejava ficar comigo desde o nosso reencontro casual?

— Isso é óbvio, não é, Nico? Você me despertou de novo.

— Mas, Ohana, eu estou noivo de...

— Por favor, não fale de Laura em *nossa cama*! — repreendeu-me, e fiquei ainda mais assustado. — Só me diga uma coisa: você gostou? — complementou.

— S-sim.

— Isso basta.

Como assim?

Terminei de me vestir sem dizer mais nada para ela, tampouco a beijei novamente. Apenas deixei o quarto e tomei o elevador de volta para o térreo.

Ao avistar outra vez o balcão, notei que a minha cerveja ainda estava lá, quente. Assim como o meu membro, ensanguentado dentro da calça.

Capítulo 25.

Quando cheguei no apartamento de Laura, após enfrentar o trânsito da cidade, o relógio já marcava mais de onze horas. Ela dormia tranquilamente, sem nenhum movimento ou palavras ditas durante o sono. Joguei todas as minhas roupas na máquina de lavar e segui para o banheiro fora da suíte. Uma ducha era o que eu mais precisava. Durante o trajeto, repassei mentalmente o que tinha acabado de fazer e como conseguira estragar tudo mais uma vez.

Ao refletir, percebia a minha incapacidade de, mesmo após a minha consulta terapêutica com Bia, tomar decisões acertadas. Se tivesse entrado no quarto de hotel e pedido a Ohana para se vestir, as coisas poderiam ter um desfecho diferente. No entanto, o que havíamos feito havia criado uma ilusão que eu não conseguiria manter. Eu enganara a mim mesmo e, pior ainda, enganara Ohana, que com certeza me aguardaria para repetir o momento; e Laura, que todo este tempo, estava dormindo em casa.

Tudo havia seguido de forma desastrosa e por minha culpa!

Agora eu precisava decidir o que fazer em relação a Ohana. Não podia mantê-la como amante, considerando que éramos amigos e ela... bem, ela tinha me esperado. Ao mesmo tempo, não queria expulsá-la completamente da minha vida, pois sentia que precisava de ajuda, dado as cicatrizes e vídeos que eu já tinha percebido. Era uma situação delicada, e cada passo precisaria ser cuidadosamente planejado.

Sob a água quente do chuveiro, observava meu corpo e, ao rever o sangue seco de Ohana, a excitação cresceu novamente. *Como ela pôde guardar-se por tanto tempo?* Isso martelava na minha mente, junto com as palavras dela: "Sou toda sua, só sua...".

Acabei me masturbando rapidamente durante o banho. Não tinha duas gozadas seguidas havia muito tempo. Por fim, decidi comer algo na cozinha enquanto a roupa girava na máquina de lavar.

Ao me dirigir ao quarto, desisti. Um mal-estar tão intenso tomou conta do meu ser que me deitar, ao lado de Laura, se tornava uma tarefa impossível. Era uma perturbação inesperada, uma faca cravada na mente. Antes, eu cogitava que Laura e Ohana até poderiam ser amigas, caso um dia se conhecessem. Agora, era inviável, impossível.

Até mesmo aquele apartamento parecia querer me expulsar.

Perdi a fomo e joguei o sanduíche que tinha prepadado no lixo. Tinha receio de Laura acordar e questionar o que eu estava fazendo àquela hora. Jurei a mim mesmo que, se ela me confrontasse, contaria tudo e enfrentaria as consequências. O remorso era tão avassalador que, se fosse perder tudo, não lutaria. E se ela decidisse me perdoar, eu viveria nas mãos dela.

No final, peguei meu celular e vi que Ohana estava online no WhatsApp. Cogitei enviar uma mensagem para ela, sugerindo mais uma tentativa de me salvar. No entanto, coragem e força me faltaram.

Recolhi as minhas roupas da máquina de lavar e as coloquei em uma sacola. Desci até o meu carro e joguei no porta-malas. Depois, retornei e preferi me deitar em profundo silêncio na sala.

Que merda eu estou fazendo?

Capítulo 26.

No fim de semana, conforme combinado anteriormente, Bernardo apareceu para falar sobre a herança da minha mãe. Laura questionou o fato de eu ter dormido na sala e respondi que tinha bebido um pouco demais. Depois de muita insistência, finalmente havia conseguido convencê-lo de que a melhor maneira de resolver aquela situação seria com ele participando e contando tudo para Laura sobre as últimas discussões que havíamos tido.

Durante uma conversa preliminar, pedi a Bernardo que assumisse parte da culpa, livrando-me de complicações maiores. O lado negativo dessa decisão era que Laura provavelmente consideraria Bernardo uma pessoa indesejada, algo semelhante ao que acontecia com Teresa e eu. Era um risco que decidimos correr juntos.

Por ser um sábado de manhã, Bernardo apareceu vestindo bermuda, camiseta e tênis, mas trazendo consigo a sua maleta de mão.

— Bom dia, Laura.

— Bom dia, Bernardo! Sente-se, por favor. — Laura ajeitava a mesa para um café da manhã de última hora após meu aviso de que ele apareceria. Em seguida, sentei-me ao lado dele, aguardando que ela terminasse os preparativos.

Pouco depois de servir o café, Laura sentou-se e ficou encarando Bernardo e eu, antes de perguntar:

— Então, o que é tão importante que vocês precisaram marcar essa reunião num fim-de-semana?

Eu tomei a palavra:

— Bem, amor, precisamos resolver algumas coisas antes de nos casarmos.

— Tipo?

— Bernardo e eu temos discutido sobre como iremos lidar com o nosso dinheiro após nosso casamento. Isso implica em algo que eu preciso te contar: minha mãe deixou uma herança de quinhentos mil reais.

— Sério? Eu nunca imaginei que a D. Maria fosse uma pessoa econômica.

— Nem eu! E ainda há a casa dela.

— Sim, é verdade. Isso vai nos ajudar bastante. — Laura sorriu.

Bernardo interveio com a voz meio vacilante:

— Olha, Laura... diante dessas circunstâncias, sugeri a Nicolas que vocês dividam apenas o que conquistarem durante a união de vocês.

— Como assim? — Laura estreitou os olhos. O café permanecia intocado na mesa.

Bernardo, ainda hesitante, virou-se para mim e achei melhor complementar:

— Me deixe continuar. A herança não se mistura com o patrimônio do casamento. Em termos legais, você não teria direito à herança deixada por minha mãe. Eu poderia abrir uma conta só minha e não te contar. Mas não quero esconder.

— Pois é, Nicolas — ela tomou a palavra —, você sabe que eu só tenho este pequeno apartamento em que estamos agora. E se um dia eu decidir vendê-lo, não valerá o tanto que você possui. E agora, deixa ver se eu entendi, você quer tirar vantagem?! É isso?!

— Eu não quero brigar, amor! Eu não tenho culpa de ter recebido essa herança — afirmei enquanto Bernardo se preparava para intervir.

— Desculpe interromper, mas acho que seria melhor vocês discutirem isso sozinhos primeiro. Se vocês um dia se separarem...

— O que é isso, Bernardo? Você já vai preparar também os papéis do divórcio?

A mesa do café ficou tão pesada que parecia que se espatifaria no chão a qualquer momento.

— Peço desculpas, Laura, porque não tínhamos certeza do que faríamos. Eu vim de supetão para colocar os pingos nos "is", e não para atrapalhar o casamento de vocês. Peço desculpas sinceras. E, do fundo do coração, eu torço para dar certo.

Ela se levantou.

— Isso tudo me soa como se um estivesse passando a perna no outro, sabe? E eu não acho que as coisas funcionem bem assim.

Eu falei como pude:

— Laura, não há necessidade de descontar em Bernardo.

— Você agiu mal nessa, Nicolas! — respondeu ela. — O que vai fazer? Prender seu dinheiro num cofre de banco e esconder a chave?

— Laura...

Bernardo resumiu:

— Bem, eu vou deixar vocês dois conversarem primeiro, porque isso precisa estar alinhado, antes de mais nada. — Ele também se levantou. — Se desejarem, farei o contrato para vocês, mas não quero prejudicar ninguém. Então conversem, cheguem a um acordo e me digam. Estou à disposição.

— Vou acompanhá-lo até a portaria — eu disse enquanto Laura começava a recolher a mesa, visivelmente irritada.

Bernardo entrou no carro, e eu comentei:

— Você é meu amigo, o que acha que devo fazer?

— Honestamente, Nicolas? Acho que vocês deveriam separar as finanças para eventualidades. Concordo com Laura, não pega bem começar o casamento pensando em como será se vocês se separarem. Mas te previno pelo que vejo no dia a dia: cada vez mais os casais estão se separando e a confusão patrimonial se transforma em um problema sério. Muitas vezes uma das duas partes cede para acabar rapidamente com a situação, mas se arrepende depois. Acaba abrindo mão demais. Ambos têm pontos de vista diferentes, mas estão certos em suas perspectivas. Se quer minha opinião sincera, atrase o casamento para que possam assimilar essa ideia. Isso não se resolve sozinho. E, por favor, não conte a ela que eu te disse isso tudo.

— Pode deixar.

Bernardo deu a partida e desceu a rua. Enquanto seu carro se afastava, fiquei de pé na calçada, parado, e o peso da realidade começou a se impor ainda mais quando percebi que a data da cerimônia de casamento se aproximava inexoravelmente.

Com a mente turva e tomado por uma sensação de angústia, lembrei-me de que não havia mais espaço para adiamentos. Os convites estavam enviados, os preparativos estavam em andamento, e amigos e familiares esperavam ansiosos pelo grande dia. E ainda havia a questão do cartório.

O futuro que antes parecia promissor agora se delineava como um labirinto de desafios e de dilemas. A rua, que antes me parecia uma rua comum, naquele instante havia se transformado em um cenário reflexivo, onde eu encarava a encruzilhada iminente de minha vida. Sem contar o que eu havia acabado de realizar com Ohana.

Com um suspiro pesado, voltei para o apartamento. Laura havia se trancado no quarto. E o ambiente, que outrora me proporcionava conforto e amor, era apenas um contínuo cenário de conflitos não resolvidos.

Só queria que algo surpreendente acontecesse naquele momento. Algo que pudesse me tirar da Terra e me levar para outro planeta.

Capítulo 27.

Havia chegado o momento de saber como as coisas tinham avançado com José Geraldo e a sua esposa Luciene.

— Houve mudanças, Nicolas! Quer ouvir?

Dessa vez, José estava sentado no divã, com as pernas cruzadas. A impressão que dava era que ele era a própria autoridade ali e que eu era o seu paciente. Ele continuava passando a ideia de que tinha controle sobre tudo, embora precisasse de ajuda terapêutica. Era um caso curioso.

— Claro, José! Se você puder me contar, eu quero muito saber.

— Preciso que você entenda, Nicolas, que estamos indo numa mesma direção, minha esposa e eu. Então, como casal, nós estamos nos elevando. Você já estudou algum caso assim? — José olhava fixo para mim, como se fosse um professor explicando algo importante a um aluno. — Pois bem, é uma linha reta que estamos seguindo, que estamos trilhando juntos, mas que tem algumas interseções.

— Como a traição e a agressão? — sugeri.

— Eu diria algo diferente. Diria que elas fazem parte do trajeto.

— Continue... — percebendo que José não se incomodava com a minha fala, preferi não interrompê-lo para não deixá-lo acuado. Ele parecia gostar de fazer perguntas, algumas delas retóricas. A ideia era deixá-lo contar a sua história da forma como ele via as coisas, e nada mais. Não se tratava de um caso de psicose, muito menos havia qualquer tipo de loucura ou insanidade mental em José. O que lhe transpunha era uma pessoa que queria ter, ou imaginava ter, o controle total sobre a própria vida e sobre a vida de sua esposa. Alguém perturbado o suficiente para imaginar que tinha descoberto a essência da existência e que vinha apenas contá-la ao seu terapeuta. Tudo isso fazia parte da terapia, e, na verdade, José talvez implorasse pela minha ajuda. Era como se ele contasse a sua história e necessitasse de uma aprovação minha para validar o seu desígnio.

Enfim, eu começava a entender o que estava acontecendo e também a participar do jogo.

— Como eu ia dizendo, a traição e a agressão fazem parte da transformação que estamos criando. Somos como borboletas. Estamos nos transformando juntos! Luciene e eu, você sabe, não é? Eu sei que me entende. Então, vou continuar. Eu vim para a terapia porque a minha esposa e eu não estávamos bem. Eu sentia que nós nos tratávamos como irmãos e não como marido e mulher, e isso estava me matando. Pois então, depois eu disse a você que traí ela com uma mulher qualquer e isso me fez abrir os olhos. Luciene reclamou que eu estava diferente. Lembra-se de tudo isso, né?

Assenti com a cabeça e José continuou:

— E eu, bem... eu bati nela, você sabe. Foi um descontrole, um momento em que eu não aguentei, e que ela não me deixava falar. Foi um ato errado para calar a boca dela. Porém, foi também um ato de ruptura, pois era necessário que uma marca fosse posta ali, bem na nossa relação.

— Como assim? — estava intrigado. — Quer dizer que você acha que a agressão está correta?

— O fato de eu bater na Lu representou um corte na nossa relação velha, a mesma que vim aqui reclamar com você. E também a construção de uma relação nova, a que digo a você que estamos criando juntos.

— José, você está me falando que bater na sua esposa foi positivo para uma mudança na relação?

— Preciso que me escute, Nicolas. Me escute e me entenda. Eu não agredi a minha esposa porque era positivo e ia melhorar tudo. Eu agredi porque brigamos e eu perdi o controle. Estou errado de qualquer forma. Mas um caminho se formou.

— Ok! — Estava prestando atenção em cada gesto de José, como se analisasse seu comportamento. No entanto, o homem continuava imperativo, sem deixar transparecer nada que pudesse demonstrar fraqueza. José sabia o que estava fazendo, sabia o que queria, embora não conseguisse expressar tão bem em palavras.

— Eu quero dizer uma coisa importante aqui. Mas antes, posso te pedir uma coisa?

— Pode.

— Não pare de me atender.

Enfim, um ato de humildade. José continuou:

— Não termine o atendimento por causa da violência, porque é importante que alguém me ajude a percorrer o caminho, como eu disse antes. Eu sei que sigo uma linha difícil e não posso deixar passar nada. Então, as sessões de terapia servem para que eu me recoloque no tempo e no espaço, e compreenda o próximo passo, entendeu?

— Entendi.

— Jura manter os atendimentos? Eu confio em você.

— Vamos manter, sim.

— Ótimo.

— Mas não vou aceitar que continue com as agressões, ok?

— Talvez, com o que lhe conte agora, você mude de opinião.

— Acho difícil.

— Bem, me deixe continuar. Eu a agredi e ela ficou mal, certo?

— Certo não, mas entendi.

— Depois disso, Nicolas, fizemos sexo todos os dias nesta semana. — José havia arregalado os olhos para me contar aquilo. — Você compreendeu? Entende que tudo que estamos fazendo faz parte de uma caminhada como casal? Estamos reconstruindo. Foi certo bater nela? Não. Foi certo traí-la? Não. Mas, às vezes, para alcançarmos outros patamares, fazemos coisas meio sujas.

— Acho que sei onde quer chegar

— Eu não terminei. Nesta semana, fizemos sexo todos os dias. Mas tem mais uma coisa: ela só aceita fazer sexo comigo se eu agredi-la.

— Como é?! — Minha expressão refletia a surpresa e a incredulidade diante do que estava ouvindo.

— É isso mesmo que escutou. Ela se excita quando eu bato nela e quer transar comigo todas as vezes. Mais ainda: quanto mais forte eu bato, mais ela se excita e goza.

Fiquei pensativo por um momento. Quer dizer que ele teria que agredi-la todas as vezes? Escutei a fala de José e refleti sobre ela com mais precisão. Lembrei-me da relação sadomasoquista e de como ela era considerada uma relação mais funcional em termos práticos. Trata-se da ideia central de que o homem que sente prazer sexual em agredir possa se encontrar com a mulher que sente prazer sexual em ser agredida. Ou seja, uma relação onde ambos se encaixam e gozam juntos. No entanto, o outro lado de histórias desse tipo é que tais relações geralmente são melhor aceitas em clubes específicos de sadomasoquismo, pois se impõe regras firmes, no caso de alguém extrapolar ou perder o controle, precisando ser contido.

Meu medo naquele momento era de que as coisas ficassem maiores a cada vez. Quer dizer, José não era exatamente um homem fraco. Poderia não ser tão forte como um atleta, mas uma agressão de um homem daqueles poderia machucar feio uma mulher.

— Nicolas, ela gosta do sexo com violência — José afirmou mais uma vez, como se comemorasse uma vitória ou tivesse ganhado um troféu.

Aquelas palavras me fizeram lembrar de Ohana e do sexo selvagem com ela. Quer dizer, eu me excitara ainda mais quando percebera que ela era virgem, que escorrera sangue, e que se guardara exclusivamente para mim. Eu aumentara a frequência sexual quando vira o sangue dela. *Será que é a mesma coisa o que aconteceu com José e comigo? Seria o nosso impulso mais animal?*

— Pois bem, José — eu iniciei, ainda tentando processar a informação —, acho que o que você está me contando é que há um significado nas agressões e que elas se reverteram para o ato sexual. Seguindo essa lógica, isso não seria tão agravante quanto uma agressão gratuita. Quer dizer, você bateu nela antes, mas ela reverteu isso para o sexo, e agora vocês estão equilibrando as coisas. Imagino que você não vai mais agredir a sua mulher como na atitude covarde de antes, não é?

— Não.

— E imagino também que você só vai bater nela agora se houver uma intenção sexual vindo dela, estou certo? Com a permissão de Luciene. Quer dizer, vocês canalizaram o impulso da agressividade para o ato sexual, e é isso que você está vindo aqui me contar hoje. Tornou-se uma fantasia sexual dos dois e, portanto, tem a ver com o caminho que vocês estão construindo juntos?

— Acho que é mais ou menos por aí o raciocínio.

— José, antes de terminar, eu só queria dizer uma coisa: o meu medo, nessa história toda, é que vocês se empolguem demais, sabe? Que vocês queiram criar mais e mais agressões ou mesmo aumentar o nível da violência para potencializar o prazer; de modo que vocês dois se machuquem muito. Se for possível você criar uma espécie de medidor de sua força, para que sirva ao sexo e mais nada, eu prefiro.

— Eu ficarei atento, Nicolas. Não quero machucá-la de verdade. Mas a nossa vida está muito melhor agora. E eu acho que você me entende. Não é só o sexo, nossa vida está mais alegre. Trocamos carinho um com o outro, assistimos a filmes juntos e passeamos. Quer dizer, está ótimo. É só esse lance do sexo que leva um certo tempero de violência, só isso.

— Ok, José! Então me prometa uma coisa.

— O quê?

— Se você sentir que está perdendo o controle, que está saindo de si ou qualquer coisa do tipo, você vai parar, se afastar dela e me mandar uma mensagem imediatamente. Pode ser assim?

— Sim. Negócio fechado.

— Quero que você me avise em qualquer ocasião, quando não se sentir confiante ou não estiver no controle da situação. Sequer pense em alguma besteira. Está me ouvindo?

— Eu aceito a sua recomendação.

— Vamos encerrar por hoje. Quero deixar claro que não estou concordando com a violência, ok? Apenas estou entendendo que vocês a canalizaram para algo que dá mais prazer, como o sexo. Também estou compreendendo que essas agressões não são tão fortes assim, a ponto de prejudicar a sua esposa.

— É uma brincadeira para transar.

— Ok, José! Então, me mantenha informado.

— Pode deixar.

Nos cumprimentamos com um aperto de mãos e José deixou a sala sorridente. Tinha na aparência um ar triunfante, aliviado por ter conseguido explicar para mim — e porque não, para ele mesmo — algo que lhe tirava o peso das costas. Entretanto, talvez José estivesse se sentido triunfante demais, uma vez que havia conseguido uma exceção comigo para aceitar o seu "caminho". E isso me fez ter a impressão de que eu estivesse validando a violência de José com a sua esposa por eu mesmo ter cometido uma violência com Ohana. Fazia algum sentido.

Agora, nós tínhamos feito uma espécie de pacto para ver até onde iriam tais passos que o casal se propunha a fazer juntos. Contudo, não saí da sessão completamente tranquilo. Saí um tanto preocupado. Ao mesmo tempo, como psicanalista, entendia que precisava fazer uma aposta, uma vez que o casal havia encontrado uma direção para os impulsos agressivos. Precisaria esperar mais, embora isso me angustiasse profundamente.

A jornada de José e Luciene continuava a evoluir, e eu permaneceria como um "guia" nesse intricado processo de autodescoberta e de transformação.

Capítulo 28.

No dia seguinte, dirigi-me ao consultório para atender exclusivamente uma paciente feminina à tarde. Ela havia agendado a consulta por e-mail e se chamava Laura, coincidentemente, o mesmo nome de minha noiva.

Dada a sua urgência mencionada em sua mensagem, reservei um horário imediato, uma vez que experiências anteriores indicavam que consultas imprevistas geralmente envolviam questões sérias como tentativas de suicídio, depressão e até outras situações que podem ser fatais. Nessas circunstâncias, era minha prática dedicar atenção total, uma vez que essas sessões costumam exigir foco ampliado nas palavras dos pacientes. Além disso, novos casos trazem consigo narrativas curiosas, algo que sempre me motivava a aprimorar meus estudos.

Enquanto aguardava com um livro aberto e uma xícara de café, detectei movimentos na sala de espera. Fechei o livro, concluí meu café, certifiquei-me de que a minha camisa não estava muito amarrotada e abri a porta.

— Ohana?! — quase não acreditei.

— Desculpe pela urgência na consulta, mas eu queria muito te encontrar. — Ela entrou e saiu organizando as coisas no divã, como se estivesse em casa. — Ah, e vou te pagar por esta consulta, ok? Não aceito um não como resposta, Nico. Da última vez, você me atendeu e não cobrou nada. Eu não quero desperdiçar o seu tempo.

— Ohana, o que você está fazendo aqui?

— Como assim?

— Você disse que se chamava Laura... Quer dizer, você sabe que é o nome da minha noiva.

— Sim.

— E por que você marcou a consulta assim? Por que não pediu para nos encontrarmos normalmente?

— Fiquei com receio de você não querer, de ter ficado confuso com tudo o que aconteceu.

— Eu fiquei e ainda estou.

— Viu? Mas eu precisava conversar com você pessoalmente. Sem essa de mensagens de celular. E imaginei que a melhor forma seria voltar aqui, no consultório. Assim, teríamos toda a privacidade possível.

Permiti que ela falasse, mesmo que a minha mente estivesse tumultuada.

Expulsar Ohana do consultório não parecia uma decisão apropriada. Era uma manifestação genuína, embora soubesse que isso poderia complicar ainda mais as coisas.

Talvez possamos resolver isso hoje!

— Pois bem, o que veio me dizer?

— Eu adorei aquele dia, Nicolas, mas fiquei com a sensação de que lhe devia uma explicação.

— Explicação?

— Sim. Eu te convidei para jantarmos e, de repente, estávamos nus no quarto, como dois jovens insaciáveis.

— Sim.

— Bem, você sabe, sempre tive uma queda por você. Acho que havia uma atração mútua na nossa adolescência. Vivemos um breve romance naquela época, mas é algo que nunca saiu da minha mente, e sempre desejei reencontrar você, estar com você novamente. Apesar de ter tido outros relacionamentos, ninguém foi realmente significativo para mim. Então, quando surgiu a oportunidade de passarmos pelo menos uma noite juntos, eu quis aproveitar. Não queria perder a chance de ter você de novo.

— Deveríamos ter feito isso quando tivemos a chance, no passado.

— Sim, deveríamos, mas não aconteceu. Acho até que, se tivéssemos transado naquela época, quem sabe estaríamos juntos até hoje. Talvez, até casados.

— Talvez. Mas éramos jovens e não sabíamos de nada. Não entendíamos nada.

— Mas agora tudo se resolveu, Nico. — Ohana ergueu o busto, deixando seu decote mais evidente. — Estou novamente pronta para você — anunciou. — E agora, nos seus domínios.

Tentei manter a compostura, embora aquelas palavras voltassem a me deixar excitado. Havia uma vontade visceral de ceder aos impulsos, mas a minha consciência me advertia do contrário. Então lembrei-me rapidamente da sessão anterior com José, das discussões sobre a relação entre o sexo masculino e a violência.

— Ohana...

Antes que eu pudesse completar a frase, ela abriu as pernas, evidenciando que não usava calcinha, como se tivesse planejado tudo novamente. E, outra vez, pude reparar nas suas marcas.

Respirei fundo, o coração acelerado, e soltei um grito sem jeito:

— Não!

— Calma, Nicolas... — Ohana se levantou e se aproximou, como se quisesse me acariciar.

— Por favor, Ohana, sente-se lá de volta.

Ela retornou ao assento, e eu continuei:

— Ohana, minha amiga, por favor... — Juntei as mãos em sinal de oração; estava nervoso e perplexo. — Eu estou noivo. Vou me casar. Não posso continuar assim. Não consigo ter uma amante. Se eu estivesse livre, adoraria ficar com você, mas não estou. Você é a minha melhor amiga e eu amo você, mas não posso. Tenho um compromisso com Laura. Não somos mais os jovens de antes, Ohana. Sinto muito.

— Oh, meu querido, eu não quero ser a sua amante. Desculpe se dei essa impressão.

— Ainda bem! Eu não poderia conviver com isso.

— Eu quero ser a única — continuou Ohana.

— O quê?! — Fiquei embasbacado e sem palavras.

— É isso mesmo que você ouviu. Quero viver o resto da minha vida com você e mais ninguém.

— Ohana, nós acabamos de nos reencontrar... nós tivemos uma noite e nada mais...

— Não foi só uma noite! — Ela se enervou, dando um tapa no acolchoado do divã. — Temos uma história juntos. Uma história gigante.

Ela começava a se descontrolar.

— Escute... eu notei que você tem problemas. Eu vi as suas marcas. Se você quiser ajuda...

Novamente, Ohana ignorou minhas observações sobre ela.

— Nós dois temos um passado. Quantas pessoas podem dizer isso hoje em dia? Laura pode? Sua mãe me conhecia, você conhecia meus pais, temos história e agora também temos uma conexão física que nunca havíamos experimentado antes. Eu compreendo que sempre te esperei, Nicolas. Mesmo quando seguimos caminhos diferentes, sempre tive a esperança de nos reencontrarmos.

Tentei processar as suas palavras enquanto tentava manter a calma. Ohana estava oferecendo mais do que um simples reencontro, ela estava propondo uma reviravolta completa na minha vida. No entanto, eu tinha que lidar com essa situação de maneira madura.

— Ohana, nós compartilhamos momentos especiais no passado, é verdade. Mas eu não posso simplesmente mudar toda a minha vida por causa de uma noite. Eu amo Laura, estamos noivos, e temos planos juntos. Não posso jogar tudo isso para o alto.

Ohana respirou fundo, como se estivesse tentando conter as suas emoções.

— Nicolas, eu te peço uma reflexão mais profunda sobre o que realmente quer para o seu futuro. Nós temos algo que poucas pessoas têm a sorte de vivenciar. E agora, com esse novo capítulo entre nós, acho que merecemos explorar o que poderia ser.

Incomodado, eu me levantei e fui até a janela. Observei as pessoas passando lá fora, mas não as via, de fato. As palavras de Ohana ressoavam em minha mente, gerando um turbilhão de pensamentos. O dilema entre a estabilidade planejada com Laura e a intensidade imprevisível que Ohana representava começava a me consumir. Mas não devia ceder.

Eu me virei para ela:

— Ohana, eu preciso de tempo para processar tudo isso. Eu não posso tomar uma decisão impulsiva que afetaria não só a minha vida, mas também a de Laura — menti. Eu não pensava em mudar tudo. Foi a melhor saída que tive para que ela me deixasse naquele instante.

— Eu entendo, Nicolas. Só peço que não feche as portas para o que poderíamos ter juntos. A vida é curta, e nem sempre temos a chance de reviver algo tão especial quanto o que tivemos.

Ela se levantou e se aproximou de mim, tocando suavemente o meu braço.

— Peço desculpas se cheguei assim, impulsiva, pegando-o desprevenido. Mas eu sei que teremos muito tempo para o prazer. Eu vou embora agora, e espero que pense seriamente sobre isso. Ok?

Do jeito que ela havia falado, fiquei na dúvida se aquilo era alguma espécie de chantagem. Então Ohana pegou a sua bolsa e saiu do consultório, deixando-me imerso em uma escuridão interior. Sentei-me novamente, olhando para a porta da sala fechada. Minha alma parecia cortada em duas partes. Tinha que fazê-la perceber de uma vez por todas que a minha vida já estava traçada. E que seria com Laura.

Capítulo 29.

Por todo o estresse passado com os acontecimentos recentes, havia tempo que eu vinha lutando por uma noite de sono revigorante. Me sentia exausto e desmotivado, tentando diversas estratégias para melhorar a qualidade do meu descanso, desde apreciar uma taça de vinho antes de dormir até recorrer a chá de lavanda e relaxar ao som de músicas suaves. Contudo, as tentativas pareciam infrutíferas. Surpreendentemente, no sábado, despertei descansado e com uma disposição renovada. Inclusive acordei bem cedo naquele dia.

Imaginei que Laura ainda guardava ressentimentos pela última conversa sobre a herança. Apesar disso, aproveitando o meu clima favorável, decidi surpreendê-la da melhor forma possível. Primeiro, preparei o café da manhã preferido dela. Em seguida, saí para adquirir arranjos de flores, os quais, dispostos na mesa, embelezavam o ambiente. Demonstrando criatividade, desenhei um caminho com setas no chão, utilizando uma tosca canetinha vermelha, indicando a rota que ela deveria seguir do quarto até a cozinha.

Permaneci ali dentro, com a expectativa da chegada de Laura e a sua reação ao ver a mesa elegantemente preparada. Ao adentrar a cozinha, um amplo sorriso iluminou o rosto dela, quase se transformando numa risada efusiva.

Ao notar os detalhes cuidadosos da mesa do café, finalmente ela expressou a gratidão com um sorriso.

Talvez as coisas fiquem diferentes agora.

Aproveitei o momento e pedi para a Alexa tocar uma música relaxante e calma. Laura parecia bem mais descontraída e alegre enquanto desfrutava de seu café. Ela não disse uma palavra naquela hora, mas era visível o semblante mais leve e natural do que nos últimos tempos.

Durante o resto da manhã, a paz reinou no apartamento. E percebi que podia fazer mais ainda.

Decidido a reestabelecer de vez a conexão com Laura, tomei a iniciativa de preparar o almoço e abrir um diálogo franco. Humildemente, pedi desculpas à minha noiva por minhas recentes atitudes: por não ouvi-la, por não apoiá-la nos preparativos da cerimônia, por adiar decisões sobre a divisão de bens e herança, e até mesmo pelo modo como havia tratado Teresa. Laura escutou atentamente, oferecendo suas observações sobre as áreas em que via espaço para melhora. Expressou que me percebia distraído nos últimos dias, sentindo que o casamento estava sendo deixado em segundo plano para lidar com outras questões. Essa percepção a magoou profundamente, pois considerava aquela fase como um das mais significativas de sua vida, enquanto eu parecia não me importar.

Compreendi a gravidade da situação e concordei ao reconhecer que as minhas ações estavam nos distanciando. Buscando uma solução construtiva, sugeri um encontro romântico em um local fora de seu apartamento, como ela mesmo havia dito outro dia. Ela aceitou e concordamos em realizá-lo ainda naquela noite.

Sendo assim, nós dois permanecemos em uma vistosa trégua durante toda a tarde.

Quando chegou à noite, guiei o carro e disse à Laura que faria uma surpresa. Então a levei ao mesmo hotel onde estivera com Ohana.

Qualquer um diria que era uma ideia absurda, mas, para mim, parecia sensacional, com a expectativa de que uma experiência superasse a outra. Imaginava que poderia esquecer o episódio com Ohana ao ter a imagem de Laura associada àquele lugar.

— Nossa, Nicolas, esse hotel parece estar acima do nosso padrão — disse ela ao entrar no salão principal.

— Você merece — respondi, indo em direção ao guichê para dar a entrada dos nomes e do quarto. Laura observava cada detalhe, com as mãos cruzadas e os olhos brilhantes. — Está tudo certo! Mas antes de subirmos para o quarto, teremos uma noite agradável no restaurante do hotel.

— É tudo tão maravilhoso...

— É sim, querida.

Lancei um olhar atento para ver se encontrava o bartender que me servira da última vez, mas ele não estava lá. Preferia que fosse assim, uma vez que o mesmo poderia confundir as coisas e me reconhecer na frente de Laura. Então peguei a minha noiva pela mão e a levei até uma mesa. Escolhemos vinho, queijo e presunto parma para degustarmos, e depois nos levantamos para dançar. O pianista tocava músicas românticas e apaixonadas, e nós vivíamos um conto de fadas por uma noite. Comíamos, bebíamos e dançávamos durante muito tempo. E quando o vinho começou a subir de verdade, pegamos a garrafa para levar para o quarto, assim como também garrafinhas de água.

Entramos no elevador, embriagados, e fomos para o quarto, aos beijos. Nos deitamos e tiramos nossas roupas. No entanto, quando o clima esquentou de vez, eu tentei penetrar Laura e não consegui. Tentei mais uma vez e nada. Pela terceira vez, também não.

Sentei-me na cama, frustrado, e Laura me abraçou dizendo que não tinha problema, que o sexo não era o mais importante naquele dia. Mais ainda: ela disse que as brincadeiras, o vinho e a alegria daquela noite haviam sido suficientes para deixá-la animada.

Mas o contentamento dela não foi suficiente para me deixar convencido. Eu não havia gostado nada do que tinha acontecido. Por outro lado, Laura colocou uma música no seu celular e, completamente nua e segurando a garrafa de vinho na mão, começou a dançar em cima da cama.

Eu forçava um sorriso sem graça e amarelo, e tentava acompanhá-la, embora estivesse desmotivado.

Por que eu brochei?

Parei por um momento e pensei em Ohana. Lembrei-me do sexo gratificante que havia tido com ela naquele mesmo prédio e pensei por que não havia ficado impotente. Na verdade, havia sentido um instinto quase animal na ocasião.

Laura, percebendo o clima pesado, sentou-se na cama, diminuiu o volume do celular, largou a garrafa em cima da mesinha e me abraçou novamente:

— Não fique tão chateado.

— Podemos ir embora? — disse enquanto procurava a minha roupa.

— Podemos, Nicolas, mas não desanime! — Laura tentava me consolar, puxando o meu rosto para o dela e me forçando a olhá-la. — Sexo é uma parte — complementou. — Se quer saber, eu adorei a noite. Foi engraçada e divertida. E você nunca fez isso antes.

— Ok! — respondi de forma seca. Bebi uma das garrafinhas de água e me sentei na cadeira, já completamente vestido. Aguardei Laura que, meio trôpega, iniciou sua caçada pelos sapatos no quarto.

— Muda essa cara, Nicolas! Começou a me deixar triste.

— Não tem problema, amor. É só que eu imaginei outra coisa, só isso.

— Esquece o sexo! Vamos nos divertir assim mais vezes.

— Certo.

Laura se aprontou e, juntos, deixamos o quarto em direção à recepção. Acertei o resto das despesas e assumi a direção do carro de volta para o apartamento de Laura, mesmo estando sob o efeito do álcool. Enquanto dirigia, Laura colocou a mão em minha perna como se buscasse despertar a minha excitação, mas logo apoiou a cabeça no encosto do banco e adormeceu. Deixei a mão dela no meu colo, imerso em pensamentos sobre a razão de não conseguir ter intimidade com a minha própria noiva. Embora tivesse iniciado a noite plenamente excitado, ao me deparar com a oportunidade, havia falhado. Surgiram questionamentos sobre se havia perdido o interesse em Laura ou se o encontro com Ohana havia me impactado tanto assim. Refleti sobre o efeito do vinho e o estresse acumulado, mas nada dissipou o desconforto de não alcançar o que desejava. Por fim, não cheguei a nenhuma conclusão do que tinha acabado de acontecer. E temi que a imagem que me viesse à cabeça, a partir de agora, fosse a de um homem que não conseguia ter intimidade com a própria mulher, sempre que tentasse iniciar o sexo com ela.

Precisava discutir isso urgentemente na minha próxima sessão de análise.

Capítulo 30.

— Tenho tantas coisas para compartilhar hoje que nem sei por onde começar — comentei ao entrar no consultório de Bia. Ela, vestindo um longo vestido com estampas coloridas, permaneceu em silêncio, apenas sorriu complacente. — Fiz muitas escolhas, Bia. Sei que pode parecer um lamento, mas estou me sentindo perdido.

— O que houve? — Bia falou com tranquilidade e serenidade, um tom que eu apreciava.

— Lembra-se da amiga que encontrei outro dia? Uma amiga de infância?

— Lembro sim. Você parecia bastante feliz ao falar dela. Como ela se chama?

— Ohana.

— Exato. O que aconteceu?

— Cometi um grande erro e passei uma noite com ela. Quer dizer, não passei a noite, nós tivemos relações íntimas e eu retornei para casa. Digo, para o apartamento da Laura. Meu Deus, ainda parece estranho quando verbalizo.

— Vocês fizeram sexo? — Bia agora parecia surpresa.

Desde o início da terapia, sempre que Bia reagia a algo que eu compartilhava, eu imediatamente refletia e revisava as minhas ações. Parecia que eu estava usando as reações dela como um guia para entender o que era certo ou errado, e ajustava-me com base nisso. Mais tarde, percebi isso e continuei prestando atenção às suas reações, mas eu mesmo decidia qual direção tomar. No entanto, diante de tudo o que estava acontecendo, naquele instante senti como se estivesse retrocedendo às sessões iniciais, desejando moldar as minhas ações novamente de acordo com as reações da minha terapeuta.

— Você acha que cometi um erro, não é? — perguntei a ela. Bia não respondeu e eu continuei: — Eu sei disso! Cometi um erro com todos: Ohana, Laura e comigo. E agora, não sei onde isso vai parar.

— Como assim?

— Tive relações com Ohana em um hotel. Um hotel que ela mesma reservou.

— Então vocês combinaram de ter relações, é isso?

— Na verdade, fui até lá para jantarmos, mas ela estava em um dos quartos e me encontrei com ela.

— Acho que entendi. Foi ela que planejou, certo?

— Sim. Mas, depois, levei Laura para o mesmo hotel.

— Laura, sua noiva?! — Bia mais uma vez se mostrou surpresa.

— Sim, para tentar corrigir as coisas. Tive relações com Ohana no hotel que ela escolheu e me senti sujo por ter concordado. Ela não é casada, não está noiva e não tem compromissos com ninguém, então fui eu que cometi um erro com ela. E, na tentativa de consertar, levei Laura para o mesmo hotel, pensando que talvez pudesse mudar a minha perspectiva se tivesse relações com Laura lá. Mas não deu certo.

— E não deveria dar, não é?

— Não foi uma boa ideia, certo?

— Com certeza, não.

— Para piorar, não consegui ter relações com Laura.

— E ela?

— Não ligou. Tínhamos bebido e ela transformou tudo numa festa. Mas ela não sabe o que eu fiz com Ohana, então, ela se divertiu como se fosse uma noite comum de casal.

— Talvez seja isso que você precise fazer mais com Laura, tornar a história de vocês mais leve e descontraída.

— Mas por que eu fiquei impotente? Eu não entendi. Primeiro pensei que pudesse ser o vinho, depois o cansaço. Mas, no fim, não cheguei a nenhuma conclusão.

— Parece claro, não? É uma questão emocional controversa. Você foi para a cama com a sua amiga, alguém por quem sentia atração desde a infância e a adolescência. Realizou um desejo antigo. No entanto, você está prestes a se casar e, desde a primeira sessão aqui, demonstrou confusão em relação a isso. Então você sente remorso e tenta levar a sua noiva para o mesmo local onde teve um momento especial com a amiga, mas na hora H, você falha. Ou seja, Laura não é a sua amiga de infância e Ohana não é a sua noiva. Houve uma clara inversão de papéis aí. Talvez você devesse se divertir com Ohana e, quando fosse ter relações, fazer isso com Laura. Não seria essa a melhor lógica, que, por acaso, você inverteu? E mais: quando você teve relações com Ohana, conseguiu, pois realizou um desejo antigo, uma fantasia de jovem. Mas quando tentou ter relações com Laura, no mesmo lugar, ficou impotente, pois ela não representa a mesma coisa.

— Minha mente bloqueou?

— Como um mecanismo de defesa. E é bom que tenha feito isso, porque você sabe que precisará resolver essa situação de outra maneira, não é? Está ciente disso, não está?

— Eu imaginei que você diria isso. Mas, sim, eu estou. Por isso, preciso de ajuda.

— Levar sua noiva para o mesmo hotel não resolveu nada. Pelo contrário, só piorou a situação. Então, essa não era a solução adequada para o momento.

— E há mais uma coisa que preciso contar, Bia...

— Então, conte!

— Ohana foi até o meu consultório usando o nome de Laura. Marcou uma consulta por mensagem e disse que queria me encontrar novamente. Entendeu? Ela se passou por uma paciente usando o nome da minha noiva. E fez isso simulando ser outra pessoa. Eu não sabia que era ela.

— Nossa...

— Fiquei preocupado.

— E tem razão para isso.

— E tem mais — prossegui. — Ohana era virgem. Ela disse que se guardou para mim. Achei aquilo estranho, mas me senti extremamente fascinado na hora do sexo. No entanto, ao pensar depois, lembrei-me de algumas coisas que vi no Instagram dela...

— Que coisas?

— Vídeos sobre estupros virtuais e, em um deles, que estava desfocado, achei que era ela falando. Além disso, havia posts sobre feminismo, feministas e incels, acho que era isso.

— Hum... incels e femcels — comentou Bia.

— Sim, lembro desse termo, "incel", cheguei a pedir um favor a uma pessoa sobre isso.

— Você disse que ela era virgem, esperou por você e tinha vídeos com esses temas nas redes sociais?

— Sim. E ela tinha marcas no corpo, como se fossem cortes feitos com faca ou gilete. Cicatrizes.

— Pelo que sei, os incels geralmente são jovens que têm dificuldade para se relacionar fisicamente, namorar, fazer sexo, essas coisas. É um grupo que costuma ser composto por homens, mas é possível haver mulheres. E isso motivou comportamentos agressivos e até assassinatos nos Estados Unidos. A versão feminina desse grupo é a femcel, composta por mulheres frustradas e solitárias; que não me parece ser o caso dela. O comportamento das mulheres femcels tende a inclinar-se mais para a lamentação e a tristeza do que para a agressividade, como é comum entre os homens incels. Em suma, os incels podem ser mais agressivos e querer vingança.

— Será que Ohana é uma... incel?

— Talvez. Você pode dar mais uma olhada nas redes sociais dela? Mas seja cauteloso. É um assunto delicado. Não estamos afirmando que ela seja incel ou femcel, são apenas características que se alinham a essa ideia. Mas tenha cuidado para não criar muitas conjecturas na sua cabeça.

Para mim, as peças começavam a se encaixar. Ao considerar a possibilidade de Ohana fazer parte de um grupo incel, via-me diante de um cenário complexo e repleto de nuances. Ela havia me dito que enfrentara dificuldades em estabelecer relacionamentos afetivos, como outras mulheres. E a espera por mim, expressada de maneira singular ao se manter virgem, poderia refletir não apenas um desejo pessoal, mas talvez também uma forma de resistência em meio às suas experiências.

Esta descoberta instigava a minha empatia e levantava questões sobre como as dinâmicas sociais e as pressões normativas podem impactar na vida emocional das pessoas.

Ohana, ao abraçar a identidade incel, poderia estar expressando uma rejeição consciente ou inconsciente às expectativas tradicionais impostas às mulheres em termos de relacionamentos. Contudo, era crucial abordar essa situação com sensibilidade e respeito. A simples associação a um grupo não define completamente a identidade de alguém, e as razões por trás das escolhas de Ohana eram intrincadas. Essa revelação destacava a importância de uma abordagem compassiva ao explorar as histórias de vida das pessoas, reconhecendo a diversidade de experiências e as perspectivas que moldam nossa jornada emocional e afetiva.

Eu certamente pesquisaria mais sobre isso, de uma forma ou de outra.

Capítulo 31.

— Bem, doutor, eu... primeiramente queria dizer que estou bem avançado na pesquisa que você me pediu — disse Paulo. — Acho que você vai ficar orgulhoso.

— Acredito que sim. Que ótimo! Você realmente tem uma habilidade fantástica. E qual seria o seu pedido para selarmos de vez o nosso acordo?

— É um pouco constrangedor...

— Entre nós?! — Fiquei surpreso.

— Acho que se eu resolvesse dois pontos da minha vida, seria suficiente.

— Ok! Pelo tamanho do pedido que te fiz, e que também eram dois, a pesquisa sobre dois temas: "incels" e "estupro virtual", e um terceiro até que seria a correlação entre eles. É justa a sua solicitação. Prossiga!

— Eu queria que você ajudasse a minha mãe.

— Ok! — Fiz também um sinal positivo com a cabeça.

— Acho que ela fica em cima de mim, não por culpa dela, mas porque a vida dela não é boa. Quer dizer, o meu pai é um cara que não sai do quarto, que só se interessa por política e que não faz nada com a gente. Acho que ela é triste por isso. E a pandemia piorou ainda mais, porque ele fica vendo notícias em todo lugar, como se alguém viesse salvar a gente. É muito doido! A minha mãe tem um marido e um filho que estão fechados nos quartos.

— Nossa! É a primeira vez que você fala do seu pai.

— Não é fácil conviver com ele. Ele odeia tudo que o contradiz em política, chama todo mundo de burro e fica consumindo notícias o dia todo. Não dá para conversar. Ele nem mesmo se senta à mesa do almoço.

— Deve ser difícil.

— E é. — Paulo ficou triste de repente.

— Deve ser duro para você também não ter o pai participando da sua vida.

— Desculpe! — Uma lágrima escapou e ele enxugou com a mão. — Podemos falar disso depois?

— Como quiser. E o outro pedido?

— Eu gostaria de fazer mais coisas fora de casa, ter uma vida normal, mas não sei por onde começar. Quer dizer, posso ir no mercado para a minha mãe, mas eu queria fazer coisas mais divertidas, se é que me entende...

— Claro, meu amigo! — Abri um sorriso efusivo. Imaginava alguma coisa difícil de ser feita por um terapeuta, mas era um pedido simples e fácil de acolher. Muitas pessoas recorrem à terapia acreditando que o que elas estão passando é só delas; ou seja, que ninguém mais vive. E isso é uma grande bobagem. Ocorre, na verdade, o contrário. Quer dizer, os terapeutas ouvem muita gente e percebem que os problemas se repetem muito. Dificilmente um terapeuta que atende há dez anos ou mais vai escutar uma situação nova na clínica. Mesmo assim, cada história precisa ser tratada com singularidade, pois cada caso é um caso diferente. Cada pessoa chega numa mesma situação por vias distintas. Não existem fórmulas prontas para a vida, como muitos autores tentam vender em livros por aí. Mas, enfim, os pedidos postos à mesa. — Você me disse que estava constrangido... Pensei em diversas coisas complicadas. — Sorri para descontrair.

— Acho que estas duas coisas vão me ajudar muito.

— Você está no lugar certo, Paulo! Vou fazer isso já.

Paulo parecia tirar um peso das costas. Quer dizer, ele colocava a mãe em cheque, revelava a angústia pela postura do pai e tentava se resolver com a sua sexualidade. Talvez sentisse que a família havia se fechado demais e por conta dos outros. E estava na hora de bancar a vida.

— Você quer saber o que descobri? — perguntou Paulo misteriosamente.

— Sinceramente quero, mas ainda não.

— Por quê? — estranhou.

— Quero cumprir a minha parte do acordo primeiro.

Ele abriu um sorriso novamente e eu percebi que o havia conquistado. Uma coisa que animava o meu dia era conseguir progresso com meus pacientes. Enquanto a minha cabeça buscava resolver a minha equação do amor, eu conseguia ajudar os meus pacientes a criarem fórmulas saudáveis e prazerosas.

Paulo saiu do consultório e pensei por alguns minutos se mandaria uma mensagem para sua mãe imediatamente, indicando-a para um terapeuta, e praticamente expondo meu atendimento com Paulo, uma vez que ele acabara de sair e eu daria na cara que havíamos falado sobre isso; ou eu poderia aguardar algumas horas para dar a entender que estudei e descobri alguma coisa nova para o caso.

Resolvi mandar a mensagem logo de uma vez, indicando para ela um terapeuta conhecido e reforçando a urgência.

Ela acatou a ideia e eu cumpri a primeira parte do acordo.

Capítulo 32.

O clima com Laura havia melhorado consideravelmente desde o inusitado encontro no hotel. A poucos dias do casamento, a minha noiva estava mais radiante, sempre me recebendo com abraços calorosos ao acordar. No entanto, a minha empolgação não acompanhava a dela, ainda que compartilhar da sua felicidade trouxesse um certo alívio ao lar.

— Você está pronto, amor? — perguntou ela.

— Estou quase — respondi.

Havia concordado em almoçar com Laura, cedendo às investidas dela para frequentar um restaurante mais requintado em virtude da sua nova clientela, mais elitista. Apesar da preocupação com os custos, a iminente herança me tranquilizava, e eu desejava manter a paz.

— Prontinho. — Surgi vestindo calça marrom clara, sapatênis branco e uma camisa social de marca.

— Você está lindo! — elogiou ela, tirando um cisco da minha sobrancelha. — Não precisava de tanto. Assim, terei concorrência na rua.

— Acho que é a minha melhor roupa. — Ri. — Seu trabalho tem me feito sentir melhor, então achei que devia estar bem vestido para a ocasião.

— É uma boa.

Laura, apressada, pegou a sua bolsa e a chave do carro, e saímos juntos. No restaurante, ela escolheu a mesa e nos sentamos para aguardar. Ansiosa, tomou a palavra:

— Nicolas, eu gostaria de falar uma coisinha pra você. Eu não quero que fique magoado com o ocorrido na noite do hotel. Eu achei maravilhoso. Eu imagino que para o homem deve ser difícil lidar com essas questões, mas para a mulher, o sexo é apenas uma parte da relação. Eu realmente gostaria que você reconsiderasse isso, pois tenho percebido você cabisbaixo.

— Eu entendo. Mas podemos mudar de assunto? — pedi, mirando nos olhos dela.

— Eu não vou falar mais disso, prometo. Mas, por favor, reconsidere. Apenas pense. Isso não é um peso, ok?

— Eu vou reconsiderar, pode deixar. Eu realmente quero estar perto de você e acho que o fato de eu estar aqui hoje já é uma reconsideração. Vamos dizer que estamos recomeçando.

— Ótimo! Gostei disso — disse Laura enquanto segurava minha mão por cima da mesa. — Promete?

— Prometo — respondi.

Após uma breve pausa, ela disse:

— Tenho uma surpresa.

— Como assim?

— Eu marquei este jantar para que você conhecesse uma pessoa que tem sido importante para o meu trabalho. Minha última cliente.

— Uma pessoa? Teremos companhia?

— Sim. Por favor, aja naturalmente. Ela acabou de chegar.

Naquele instante, as palavras de Laura me vieram à mente, como se tivessem sido sussurradas pelo vento: "Eu não consigo com uma pessoa só"! As lembranças da desconfiança e da pressão que experimentara ao suspeitar que ela poderia estar envolvida em um caso, mantendo algum segredo, tornaram-se mais nítidas. No entanto, ao refletir sobre a situação, questionei-me sobre o motivo pelo qual ela agendaria um almoço para me apresentar a alguém neste contexto. Nada parecia fazer sentido. As peças do quebra-cabeça pareciam desconexas, e eu me vi mergulhado em um mar de incertezas.

Laura se levantou, cumprimentou alguém, e eu ajeitei a minha camisa. Depois me virei para encontrar...

Ohana!

O espanto foi imenso!

Meus olhos se arregalaram, como se tentassem compreender o que estava diante deles. Ao ver Ohana como a cliente de Laura, uma onda avassaladora de surpresa e incredulidade inundou o meu ser. A consternação se misturava com a perplexidade, enquanto eu tentava assimilar a inesperada reviravolta que a situação havia tomado.

Ohana, a minha amiga, a namorada de infância, a mulher que estava envolvida em um encontro casual e, posteriormente, em uma trama de encontros propositais, agora se revelava como a cliente de minha noiva. A surpresa era tamanha que por um momento senti uma diminuição de estatura, como se a realidade me puxasse para baixo.

Minha mente girava em busca de explicações, questionando as motivações de Ohana para se inserir tão profundamente na minha vida pessoal e profissional.

Tentei disfarçar, desviando o olhar.

— Nicolas, essa é Ohana, minha nova cliente preferida — disse Laura com um sorriso.

Ao menos, ela dera o nome verdadeiro.

— Prazer. — Ohana estendeu as mãos mantendo um semblante firme. — Olha, eu adorei a parte da "cliente favorita" — disse ela, virando-se rapidamente para Laura e, em seguida, preparando-se para sentar.

Fiquei calado, tentando degustar o meu refrigerante gelado, quando Ohana tomou a iniciativa:

— Então, você me disse que produziu alguns desenhos novos para eu examinar, não é?

— Sim, mas desculpa, Ohana, eu não trouxe o notebook aqui para o almoço. Pensei que iríamos tratar de negócios depois. Se quiser, posso buscar agora ou a gente pode ir até o meu apartamento mais tarde.

— Não! — soltei sem querer.

Ambas ficaram me olhando.

— Quero dizer, eu posso ir buscar pra vocês, sem problemas — falei, tentando consertar.

— Não se preocupe. Podemos apenas conversar e almoçar — Ohana disse.

— É, eu achei que fosse algo mais informal — disse Laura. — Eu trou—xe até o meu noivo.

— Muito encantada — compeliu Ohana. — Laura fala muito sobre você. Não se encontram homens assim hoje em dia. Eu mesma tentei...

— Bem, isso parece um assunto de mulher e eu prefiro deixar vocês à vontade. — Sorri, procurando me abster.

— Na verdade, eu tive pouquíssimos homens. Tive namorados na juventude, digamos assim. — Ohana deu uma olhadela para mim, o que fez meu corpo arrepiar. *Como ela consegue fazer isso?*

— Mas você deve ter algum pretendente, não? — continuou Laura. — Eu imagino que os homens se joguem aos seus pés. Desculpe falar isso na frente do Nicolas, mas é que realmente fiquei curiosa.

— Argh... desculpa... — Tossi após um gole grande no refrigerante e me levantei da mesa para ir ao banheiro.

— Você está bem, amor? — disse Laura.

— Sim, só engasguei. Com licença.

Adentrei o banheiro e, tentando acalmar os ânimos, soltei uma cuspida na pia em sinal de nojo após ouvir toda a falsidade de Ohana. Mas imaginava-me um falso também, pois minha situação era ainda pior que a dela. E nem podia supor que Ohana conheceria Laura ou mesmo a contrataria. Impossível.

Laura vai ficar arrasada se descobrir! Meu Deus...

A sensação de traição, tanto para mim mesmo quanto para Laura, se intensificou. Ohana estava traçando um caminho ardiloso, se envolvendo nas esferas mais íntimas da minha vida, e agora, na vida da mulher que eu amava.

A urgência de desvendar os mistérios por trás das ações de Ohana se tornava imperativa. Minha surpresa inicial agora dava lugar a uma determinação crescente. Eu precisava entender as suas motivações, desvendar as suas intenções e, acima de tudo, proteger Laura dessa rede complexa de enganos e erros que se desenhava diante de nós.

Com esses pensamentos tumultuando a minha mente, joguei água no rosto para tentar recobrar a sanidade. Não aguentaria continuar participando daquele teatro por muito tempo. Precisava pensar rapidamente em uma saída.

Peguei o celular, abri a porta do banheiro e vi as duas batendo papo. Me aproximei e fingi uma conversa com um suposto familiar de um paciente, mencionando atendimentos domiciliares e de urgência. Laura e Ohana observavam atentamente. Parecia estar funcionando. Guardei o celular no bolso e demonstrei pressa ao me aproximar delas.

— Desculpe, amor, eu tenho que ir. Uma urgência no trabalho.

— Mas nem almoçamos. Estávamos esperando você voltar para pedir.

— Eu não posso adiar, amor. Quando sou chamado assim, desse jeito, tenho que ir imediatamente. Sinto muito.

— Mas...

— Tenho certeza que o almoço será agradável mesmo sem mim.

Despedi-me com um beijo em Laura e um olhar repudiante para Ohana, como se estivesse transmitindo uma mensagem indireta para ela.

Enquanto deixava o restaurante apressadamente, a surpresa de antes se transformava agora em um impulso interior para confrontar essa nova realidade maluca de frente. O desconhecimento das intenções de Ohana ainda pairava no ar, bem diante dos meus olhos, mas eu estava decidido a desvendar cada mistério que ela trazia consigo. Eu não descansaria enquanto não fizesse uma busca pela verdade, pois sabia que somente compreendendo o que estava acontecendo poderia enfrentar os desafios que ainda viriam.

Capítulo 33.

No meu apartamento alugado, deparei-me com a necessidade premente de uma faxina. Era surpreendente constatar como eu, praticamente, havia me mudado para o apartamento de Laura, sem ao menos perceber. Contudo, agradecia por ainda manter aquele refúgio.

Enviei uma mensagem para Bia informando que necessitava falar urgentemente com ela. Por ser fim-de-semana, acreditava que ela não estivesse ocupada com consultas, e torcia que me atendesse logo devido à minha ansiedade. Ainda bem, não demorou muito para que ela me ligasse.

— Eu precisava mesmo conversar com você, Nicolas. — Bia parecia sem fôlego, em meio a um ambiente barulhento, com vozes de crianças ao fundo. Devia estar numa festa infantil.

— Bia, eu tenho algumas informações novas para compartilhar.

— O que houve?

— Acabei de sair de um restaurante. Laura me apresentou à nova cliente dela, que é, justamente, Ohana.

— Como assim? Espere, deixe eu ir para um local mais tranquilo. — Ela disse algo para o marido e o som ambiente caótico foi ficando mais distante. Retornou ao telefone: — Fale, fale.

— Parece que Ohana está se aproximando. Laura não sabe quem ela é.

— E como você agiu?

— Não fiz nada. Dei uma desculpa e fugi.

— Nicolas, estou ficando profundamente inquieta com as ações dessa... amiga, digamos assim... e como elas podem estar afetando você.

— Bia, estou ficando descontrolado.

— Tenha calma, por favor. Você é um terapeuta, sabe como essas coisas funcionam.

— Eu preciso tentar resolver as coisas com ela. Eu estou ficando sem alternativas. Minha intenção é conversar sozinho com Ohana, ou... Só de pensar que ela está lá agora, com Laura, isso me deixa louco. Não há nada pior do que isso. Eu chego a pensar que Ohana pode fazer algo pior.

— Vamos tentar manter a lucidez. Ela pode estar com Laura, mas não vai jogar para perder você. Ela não parece ser impulsiva.

— O que você acha?

— Ohana quer utilizar diversas estratégias para conquistar você. É como se ela dissesse: veja como é atraente estarmos juntos, como o universo conspira a nosso favor. Além disso, ela é uma paixão do passado, não é? Ela romantiza isso, torna algo idealizado.

— Ela me disse que queria ser a única...

— Ela joga de forma a se colocar como a melhor mulher para você. Melhor do que Laura. Como se ela fosse aquela que te trataria melhor em toda a sua vida. Como se nenhuma outra mulher no mundo pudesse oferecer o amor que ela tem para dar.

— Sim. Ela joga algo do tipo: "Eu sou perfeita, veja! Eu sou 'A' mulher para você", com letra maiúscula.

— Exato, e isso é extremamente sedutor. Imagine se todos pudessem encontrar o amor ideal? A pessoa certa que sabemos que nos ama mais do que qualquer outra no mundo? Parece um cenário perfeito, não é?

— Com certeza. Mas e os incels? Onde eles se encaixam?

— É exatamente aí que eu queria chegar. Por isso, disse que precisava falar com você.

— Estou ouvindo.

— Fiz uma breve investigação. Você mencionou que Ohana estava participando de um grupo incel. Vamos recapitular: os incels são homens que se sentem privados de encontros com mulheres e acreditam que isso ocorre porque estão sendo punidos por elas. A peculiaridade desse grupo se resume a isso: eles acreditam que as mulheres os estão punindo, daí a sigla "celibatários involuntários". Não conseguem ter relações sexuais, e para eles, a culpa não é deles, mas sim das mulheres que os punem. O incel pode recorrer à violência e à vingança, visto que entende que as mulheres são as culpadas e sentem que têm o direito de retaliar. No caso do femcel, que seria a versão feminina, ou seja, mulheres que não conseguem encontros sexuais normais, pois acham que não são tão atraentes para os homens; elas sofrem sozinhas, sem buscar vingança. Mas perceba uma coisa: no incel, a culpa é dos outros, das mulheres; no femcel, a culpa é delas mesmas, novamente das mulheres. Assim, elas não recorreriam à violência para resolver os seus problemas. Sofreriam por si mesmas.

— Ohana quer vingança.

Bia me interrompeu:

— Descobri relatos de mulheres que se vingaram de homens que as desprezaram. Há uma ligação com esses grupos, sim. Minha hipótese é que Ohana está em uma missão incel, agindo como se fosse um homem, identificando-se dessa maneira e tem a intenção de ficar com você a qualquer custo. Portanto, ela seria uma mulher incel e não uma femcel, entende? Ela adota a mentalidade dos homens. Ou seja, se alguém não a quer, não é culpa dela, ela é perfeita, logo a pessoa deve ser punida. Nesse caso, Ohana entende que possui tudo, beleza e riqueza, então você deve escolhê-la. Quer dizer, ela deve se sentir escolhida, acolhida; não que seja de fato, mas para que ela feche o círculo do amor. Então, jogue o jogo, Nicolas! Se não o fizer, é porque está a punindo pela segunda vez, pois a primeira foi quando a rejeitou na adolescência; e, portanto, você tem que ser punido em retorno. Compreende, Nicolas?

— Bia, isso é assustador.

— Vamos evitar o pânico. Eu só quero chamar a sua atenção para essa possibilidade. Sei que é difícil. Fiquemos alertas e continuemos trocando informações. Agora, eu preciso ir.

— Estou de acordo. Obrigado, Bia.

Capítulo 34.

Fiquei recolhido no meu apartamento por algumas horas antes de decidir retornar para o apartamento de Laura. Quando achei que já era tempo suficiente, voltei para lá. Ao chegar, faminto por não ter comido nada (a despensa do meu apartamento estava incrivelmente vazia), aproveitei a ausência dela para descongelar uma lasanha e fazer uma refeição rápida.

Laura e Ohana deviam ter passado parte da tarde juntas, e eu sentia um receio latente ao imaginar que Ohana pudesse ter revelado detalhes do nosso passado para Laura. Porém, ao mesmo tempo, Bia havia me aberto os olhos que fazer isso seria jogar fora tudo que ela havia planejado até o momento. Ou seja, ela não seria tão tola. Então eu ponderava cada vez mais sobre a necessidade de me afastar de Ohana para proteger Laura e preservar os segredos recentes que, agora, pareciam prestes a serem desvendados. A dualidade entre a confiança no caráter de Ohana e o temor pelos desdobramentos dessa trama me deixavam inquieto e indeciso sobre qual caminho seguir.

Quando Laura chegou, disse antes mesmo de deixar as chaves do carro na mesinha da entrada:

— E aí, amor? Fiquei preocupada com a sua saída repentina.

Percebi, pela amabilidade dela, que Ohana não havia revelado nada. Isso me trouxe um breve alívio.

— Sim. Tive que atender o caso de um pré-adolescente que estava em crise e ameaçou os pais com uma faca.

— Nossa! E como foi?

— Correu tudo bem. Eu cheguei, conversamos e ele se acalmou.

— Menos mal. Será que sempre acontecerão coisas assim, amor? — Laura conversava comigo enquanto gradualmente se desfazia das roupas.

— Esta é a minha profissão, querida! Assim como você tem a sua.

— Falando nisso, o almoço foi ótimo. Apesar do pouco tempo, Ohana teve uma boa impressão de você. Disse que parece ser um homem seguro e maduro. Ela se abriu sobre os relacionamentos dela e o quanto tem sido difícil encontrar homens para casar...

— Ela disse isso?

— Sim. Disse também que eu sou uma mulher de muita sorte, pois tenho você. Mas sabe de uma coisa? Eu achei ela bem triste neste aspecto. Ela é uma mulher bonita, empoderada e rica. Como os homens podem não querê-la? Ah, e uma coincidência: ela mora na rua da sua mãe, sabia? Não quis te falar antes para você não ficar pensando na D. Nilza Maria...

— É mesmo?

— Sim. Eu esperava que você ficasse mais surpreso quando eu te contasse. Mas, de qualquer forma, percebi que ela estava tão triste em relação à vida amorosa...

— Vocês estão tão íntimas assim? — Eu tentava conter a minha ansiedade, mas o nervosismo tomava conta de mim. Minhas mãos começaram a suar, e eu estava ficando agitado como um adolescente.

— Eu gosto de conhecer meus clientes. Sou como você, uma espécie de terapeuta. Como posso ajudar alguém a escolher as coisas da casa ou escritório, se não conheço a personalidade deles, não é? Isso tem a ver com o astral, as cores e até o material que eu vou usar.

— Tem razão! Tem razão! — Mal conseguia esconder minhas mãos trementes. Sentia que poderia ter uma crise ali mesmo, na frente dela, se não fizesse alguma coisa. — Preciso de um banho. Ainda estou ansioso com o caso que eu acabei de te contar.

— Claro, amor!

Entrei no banheiro. Tirei a roupa, liguei o chuveiro, peguei o celular e enviei uma mensagem para Ohana:

Meu Deus, o que foi aquilo hoje? Você perdeu o juízo? O que é que você quer?

Sentei-me no vaso, esperando por uma resposta. Segurei a cabeça com as mãos e tive vontade de chorar, pensando em como Laura ficaria se descobrisse tudo aquilo. Tremi ao visualizar a resposta:

Oi, Nico! Eu não programei nada disso, meu amor. Eu realmente gosto do trabalho de Laura, ela é talentosa. Só que no meio do caminho, tem uma pedra...

Enviei outra mensagem:

Por Deus, Ohana, não vamos continuar com isso. Vamos tentar rever. Talvez a gente possa achar outro jeito.

E ela respondeu:

Eu disse para você que não iria desistir. Não é assim que as coisas

funcionam para mim. E mais: eu e você consumamos o sexo. Era a única coisa que ainda faltava. Eu adorei e quero fazer mais vezes. Muito mais. E eu sei que você também gostou.

Optei por não responder. Fiquei alguns minutos pensando se ainda tinha algo para dizer, mas nada me veio à mente. Entrei no chuveiro para que Laura não desconfiasse e fiquei olhando o celular pelo vidro do box. Queria que Ohana enviasse mais alguma coisa, algo que pudesse me dar alguma luz naquele momento.

Quando vi o visor do celular acender, saí molhado da ducha e peguei o aparelho.

Quero que entenda, Nico, que eu amo você. E vou lutar para a gente ficar junto. Eu não abro mão quando quero uma coisa. E vou cumprir o que estou destinada na vida, que é ficar com você. Talvez você ainda não saiba, mas é o seu destino também. Um beijo para você. E quando quiser me encontrar, estarei pronta.

Coloquei a mão na boca. Se respondesse e brigasse com ela, esse movimento narcisista vindo de Ohana poderia levá-la a perder a cabeça. No nível em que estava, ela poderia criar mais distorções perigosas.

Pensei, então, em visitá-la. Talvez pudesse tentar um acordo. Nada era tarde demais. Havíamos ido para a cama apenas uma vez, isso poderia ser apagado. No entanto, talvez não desse certo, uma vez que cedo ou tarde, se ela e Laura continuassem o projeto da reforma, a minha noiva acabaria descobrindo que nós dois éramos amigos de infância, ou até mais do que isso. E Laura ficaria ainda mais chocada ao perceber que fora enganada no restaurante pelos dois. Ela já sabia até que Ohana morava na mesma rua da minha mãe. Laura poderia perguntar ainda se eu não a conhecia e isso iria acabar comigo.

A última casa da rua, me recordei.

Desesperado, eu precisava tentar algo de imediato.

Capítulo 35.

Estacionei o carro a alguns metros da casa da minha mãe e me dirigi até a residência que Ohana afirmava ser a sua, a última casa da rua. Meus olhos foram imediatamente capturados pelo muro branco que envolvia o local. Na última vez que o havia visto, ele estava desgastado e desbotado. Apesar de sua altura, ainda era possível vislumbrar o andar superior. As antigas janelas, antes gradeadas, haviam sido substituídas por elegantes vitrais de estilo modernista. E embora o telhado parecesse o mesmo, agora sustentava placas de energia solar.

Aquela casa, outrora modesta e repleta de nostalgia, havia se metamorfoseado em um refúgio moderno. Era incrível que fosse a mesma casa da minha infância.

Memórias antigas ressurgiram enquanto eu contemplava a surpreendente mudança. Um misto de saudosismo e espanto tomou conta de mim ao testemunhar a completa transformação daquele lugar, agora irreconhecível, mas ainda mantendo a essência que sempre a caracterizou.

Me dei conta que minha mãe raramente mencionava Ohana, ou até mesmo aquela casa que havia permanecido abandonada por tanto tempo. Por ser uma rua tranquila, de via dupla, eu nunca chegava até o final da rua, sempre indo e retornando pelo mesmo caminho, quando visitava a minha mãe. Sem dizer que estávamos em um bairro de classe média baixa, então não entendia a necessidade de Ohana ter feito toda aquela reforma. Ela poderia simplesmente ter comprado uma casa em um bairro mais nobre. Aliás, nem parecia que o imóvel precisasse de qualquer outra nova obra, então, por que chamar Laura?

Nervoso, dei dois passos à frente e tentei escutar algo pelo portão, como se esperasse encontrar uma reunião de grupo incel. Nada. *Estou ficando maluco!* Respirei fundo e toquei o interfone, ao mesmo tempo em que olhei para a câmera de segurança no alto.

— Meu Deus! Não acredito. Você veio! — disse Ohana pelo interfone. — Pode entrar, Nico.

O portão estalou e adentrei o jardim bem cuidado, notando mais uma singularidade da residência. Ao chegar à sala, havia algumas pinturas nas paredes que acreditei serem de Ohana.

Eu logo a encontrei com pijama de dormir. Isso me deixou mais desconfortável ainda.

— Gostou? — perguntou ela.

— Do quê?

— Da casa, ora! — Ohana sorriu. — Do que mais acha que estou falando?

— É maravilhosa. O que você fez foi simplesmente fantástico.

— Eu sabia que você viria aqui — disse ela enquanto puxava um maço de cigarros do aparador e acendia um. — Só não imaginava que seria tão rápido.

— Você fuma? — Automaticamente me recordei da minha mãe.

— De vez em quando, quando estou relaxada. Trouxe seu charuto?

— Não.

— Bem, quem sabe esse... — Ohana se aproximou e agarrou com força a minha virilha pela calça.

Eu me afastei num reflexo.

— Ohana, não vim para isso. Nós precisamos conversar.

Ela revirou os olhos.

— Achei que nossas conversas se restringiriam ao seu consultório.

— Eu te indicarei outra pessoa.

— E se eu não quiser?

Eu coloquei as mãos nos bolsos e dei alguns passos pelo tapete. Provavelmente ele havia sido importado de algum lugar do Oriente. Pensei que Ohana havia ganhado muito dinheiro após se formar na Europa. Para algumas pessoas, estudar arte devia valer a pena.

Então eu me virei para ela, tentando manter a calma.

— O que aconteceu com a casa de seus pais?

— Eu vendi depois que eles morreram. Queria uma casa melhor e, com a negociação de algumas obras minhas, comprei essa.

— Mas em um bairro tão simples como o nosso...

— *Nosso*? — disse ela, baforando e abrindo um sorriso de canto de boca.

Fiquei sem graça, e ela continuou:

— Sempre desejei retornar a este lugar, Nico! Acredito que a minha afeição por esta rua seja por causa do seu valor emocional, uma predileção que ficou enraizada dentro de mim. E esta casa nos traz lembranças reconfortantes, não é mesmo? — expressou, lembrando-me a inocente jovem de antigamente. — Mas você não veio até aqui para me interrogar, certo?

— Bem, olhe ao seu redor. Você tem uma casa maravilhosa, completa. Por que precisa da Laura? Você está a enganando?

— Não, não! Ela é realmente talentosa. Uma mulher sempre quer fazer mudanças na própria casa, não é? Parece que você não sabe como somos...

— E tinha que ser com Laura? — Aproximei-me, tirando as mãos dos bolsos e segurando seus braços. — Ohana, eu não quero que a nossa relação avance mais. Eu quero que a gente tente de outra forma, pode ser? Eu gosto de você, você é a minha melhor amiga, mas confundimos tudo. Eu vou me casar com a Laura e acho que nós dois podemos recomeçar como amigos.

— E seremos grandes amigos, é isso? Nós três? Que farsa, não?

Larguei-a.

— Eu só quero que as coisas voltem a ser como antes.

— Eu também. E antes éramos só nós dois, lembra? Antes da Laura aparecer. — Ela tragou mais uma vez e amassou o cigarro num cinzeiro. — Eu sei que o casamento de vocês foi adiado. E que você tem problemas com a prima dela. Deixe-a ir, Nico! Permita que ela siga a vida dela. Podemos ficar juntos se você a deixar em paz. Daí, ela não vai mais nos atrapalhar.

— Que papo é esse de "nos atrapalhar"?

Ohana colocou uma mão em meu peito e a outra em volta de meu pescoço.

— Olhe ao redor. Podemos viver aqui. Podemos viver para sempre. E sem problemas com dinheiro. Você nunca mais se preocupará com isso.

— Você deve ter ficado doida! — eu disse, soltando os seus braços.

Ohana caiu teatralmente no sofá, mas sua expressão desafiadora permaneceu inalterada. Respirei fundo, tentando conter a raiva que crescia dentro de mim. Aquelas palavras, o convite insano para abandonar tudo e viver uma fantasia ao lado dela por causa de uma simples noite eram como uma afronta à minha vida, meus valores e, principalmente, ao amor que eu tinha por Laura.

— Não vou permitir que você destrua o que tenho com a Laura. Não vou deixar você criar um mundo de ilusões que só existe na sua cabeça — declarei com firmeza.

Ohana riu, como se tudo aquilo fosse apenas um jogo. Era perturbador perceber que ela via aquela situação como uma oportunidade, enquanto eu a encarava como uma ameaça iminente.

— Nico, você está se agarrando a uma relação que está fadada a ruir. É óbvio que vocês têm problemas, seu casamento foi até adiado. Deixe-me te mostrar como a vida pode ser melhor, mais emocionante, sem as amarras de um relacionamento insatisfatório.

As palavras de Ohana ecoavam no ambiente, e a sensação de estar à beira de um abismo se intensificava. Eu me recusava a aceitar a visão distorcida que ela tinha da minha vida e do meu relacionamento. Ao mesmo tempo, lembrei-me das palavras de Bia: "É como se ela dissesse: veja como é atraente estarmos juntos, como o universo conspira a nosso favor".

Laura nunca agiria assim. E a raiva deu lugar a uma determinação inabalável de proteger o que eu havia construído com ela.

— Eu amo a Laura. E sei que ela me ama. Nada do que você disser vai mudar isso. Pare de tentar interferir na minha vida e na dela. Chega dessa loucura.

Ela se levantou e veio na minha direção.

— Quem sabe, nós... — e parou.

— O quê? O que está pensando?

— Podemos combinar... Bem... Os três juntos. Que tal? — Ela sorriu. — Pensei nisso agora.

— Um... trisal?! Você ficou louca?!

— Eu me inclino a isso, se for muito importante para você. Eu, você e Laura. Assim, quem sabe, com as duas, você se sinta um homem de verdade...

Meus olhos se arregalaram diante daquela fala. O que eu estava ouvindo? Será que Laura havia compartilhado algo tão íntimo com Ohana? A simples insinuação daquelas palavras já era o suficiente para reavivar a lembrança dolorosa da noite em que me sentira impotente ao lado de Laura no hotel. Ou era apenas a minha imaginação?

A raiva aumentava e pulsava dentro de mim, e qualquer um, no meu lugar, talvez gostasse de dar uma lição em Ohana. Ela permaneceu imóvel, como se desafiasse que eu agisse. No entanto, sempre optei por não ceder à violência. E ela devia estar acostumada àquilo, pois havia cicatrizes nela que não sumiriam nunca mais. Já eu, era completamente avesso a qualquer forma de agressão.

Agora um sentimento de devastação me dominava, e a visita a Ohana só tinha confirmado a complexidade e a impossibilidade de resolver aquela situação diretamente com ela.

Ohana continuou sem se abalar. Fria. Seu olhar penetrante buscava uma brecha em minha resistência. Era hora de encerrar aquela conversa absurda e voltar para Laura, para a mulher que eu realmente amava.

— Eu vou embora, Ohana! E não quero mais que você se aproxime de mim, da Laura, ou de qualquer parte da minha vida. Isso é um aviso!

Saí da casa e bati o portão, abandonando aquele ambiente e as conversa surreais.

Capítulo 36.

Exausto e marcado pelos sinais do desespero, dirigi-me diretamente ao apartamento de Bernardo, do outro lado da cidade, acreditando que, com a sua experiência, ele poderia me fornecer uma solução legal que me libertasse das artimanhas de Ohana. Talvez ele trouxesse alguma paz à turbulência que se tornara a minha existência. A decisão de procurá-lo surgia como um último suspiro diante da teia de problemas que Ohana havia tecido ao meu redor.

Ao adentrar o apartamento dele, disse que estava ali em busca, não apenas aconselhamento jurídico, mas de um raio de esperança em meio à escuridão que a minha vida se tornara. Bernardo não entendeu nada, pois achou que ainda era sobre a questão da herança, mas logo notou o quanto eu estava exausto e pediu que eu sentasse. Ficou parado na minha frente.

— Desembucha.

— É a Ohana, cara!

— Ohana?! — Bernardo curvou as sobrancelhas, em sinal de curiosidade. — Sim, lembro que você disse que a encontrou... que está bem bonita, essas coisas... O que aconteceu com ela?

— Com ela, nada. Só comigo. — Minha voz estava embargada e um pouco trêmula.

— Fala logo, cara!

— Eu... eu transei com ela.

— Porra, cara! Isso é sério? — Bernardo fez uma cara de espanto que, para mim, soava como se a situação fosse ainda pior do que parecia.

— Eu fui para a cama com ela e, desde então, me ferrei completamente.

— Se ferrou mesmo! Meu amigo, você está prestes a se casar com a Laura, Ohana aparece de repente, e você pula a cerca, cara? Que merda!

— Você não está ajudando em nada!

— Desculpe! Prossiga. Pelo que eu estou entendendo, tem muito mais coisa aí, estou certo?

— Este é o problema! Eu fiquei com Ohana, e a minha vida virou uma merda grande. Parece que ela quis fazer isso de propósito, como se tivesse armado tudo, sei lá. Ficamos em um hotel que ela reservou, e, depois disso, ela passou a fazer parte de tudo na minha vida. Para você ter uma ideia, ela contratou Laura para ser a sua arquiteta particular. As duas viraram praticamente amigas. E Laura não sabe de nada sobre o nosso passado.

— Minha nossa! — Bernardo levou a mão à boca. — Que foda. Ela está armando...

— Agora Laura trabalha com Ohana, que finge não me conhecer. Fui a um almoço com Laura para conhecer sua nova cliente, e era a própria Ohana, que me cumprimentou como se nunca tivesse me visto. Como se não bastasse, outro dia, ela foi ao meu consultório se passando por uma paciente nova. Tem ideia disso?

— Cara, isso é doentio!

— No corpo dela havia marcas, Bernardo! Marcas de quem se fere com faca ou tesoura, sei lá. Nas redes sociais, ela postava coisas sobre estupros virtuais. Enfim, ela deve ter passado por maus bocados e agora se fixou em mim. Ou quer se vingar... Talvez ela me culpe por não termos transado quando jovens, não sei. Bem, aconteceu. Estou completamente perdido, cara. Mas o meu medo maior, e o que me fez vir até você, é que ela envolveu Laura e isso não é justo. Na verdade, me deixa apavorado! Imagina o que ela pode fazer.

— Ela pode destruir você em vários aspectos...

— Isso é o de menos para mim. Tenho medo de que ela possa fazer algo com Laura. Fazer algo até fisicamente, entende? Sei lá. Ela está obsessiva por mim. Estou para enlouquecer, cara!

— Escuta — disse Bernardo, olhando para uma garrafa de uísque perto, querendo me oferecer uma dose. Fiz que não —, você não pode entrar em pânico agora.

— Não tenho mais a quem recorrer. Bia, a minha analista, acha que tenho que tomar bastante cuidado, pois esse tipo de pessoa vingativa pode se tornar agressiva. Eu mesmo já estudei casos assim, mas nunca pensei que fosse deixar acontecer comigo. Estou com medo. Posso pedir uma medida protetiva, uma distância dela? Assinar uma proteção para Laura, sei lá?

— Vou ser bem sincero com você, Nicolas, você pode tentar fazer tudo isso, entretanto, não valerá de muita coisa. Ohana, aos olhos da lei, não chega a ser uma ameaça para você, nem para Laura. Ela não fez nada demais. Um juiz interpretaria como um caso de amor e de traição mal resolvidos. E você seria o maior culpado aos olhos de qualquer um. E outra: se você tentar alguma coisa contra ela, ela pode contra-atacar e ainda expor você. Não compensa.

Ouvi tudo o que o meu amigo dizia, mas naquele ponto, acabei não resistindo às lágrimas. As gotas caíam no chão, como quem vai se derretendo por dentro.

Bernardo, mais consciente, disse para mim:

— Para com isso.

— O que eu faço? — tentei me conter.

— Vamos analisar friamente: ela não vai querer fazer nada contra você agora porque está em vantagem. Se você a apertar, ela pode contar tudo para Laura. Ou seja, a vantagem é toda dela.

— Foi o que a Bia disse.

— E é verdade. O que você tem que fazer agora é trazê-la para o seu lado. Não é hora de brigar ou de deixá-la acuada.

— E você acha que eu não consigo nada na justiça?

— Conseguir, você pode até conseguir. Mas, sinceramente, não vale a pena. Não temos nada concreto e, se tivéssemos, Laura seria chamada a participar do processo, e eu sei que você não vai querer isso. Lamento! Acho que você deveria jogar o jogo.

Novamente, o que Bia disse.

Levantei-me da cadeira, ainda nocauteado. Não havia soluções legais e mais nada a não ser ceder à chantagem de Ohana. Eu estava literalmente nas mãos dela.

Antes de sair, virei-me para o amigo:

— Bernardo, eu não sei se tenho forças para jogar.

Abaixei a cabeça, sentindo um misto de decepção e tristeza. Eu sabia que meu amigo faria tudo por mim, mas eu concordava com a explicação que tinha acabado de escutar. Realmente, não havia provas concretas contra ela, e agir precipitadamente complicaria ainda mais as coisas. Deixaria Laura a par de tudo.

Bernardo ofereceu que eu dormisse lá, mas preferi ir embora. Deixei o apartamento dele com o peso da indecisão pressionando meus ombros. Lutar contra Ohana e com as armas que tinha parecia uma batalha perdida; porém, ceder implicaria em renunciar à integridade e me entregar às vontades manipuladoras dela. Ceder significaria sucumbir à pressão de Ohana, me transformando num peão em seu jogo doentio. E sem as ferramentas adequadas, isso poderia me levar à própria destruição.

Capítulo 37.

— Olá, Nicolas! Boa tarde — disse Teresa, ao telefone. *Era só o que me faltava!*

— Boa tarde, Teresa — respondi da sala do meu consultório, imaginando por qual motivo ela ligava para o meu celular e imediatamente pensando em uma maneira de desligar. Havia atendido o telefone de supetão, e a última pessoa que esperava na linha, era Teresa. Será que ela queria me cobrar os votos do casamento? Já não bastava tudo que vinha acontecendo?

— Você está ocupado?

— Para ser sincero, sim — menti.

— Nicolas, desculpe, não quero te atrapalhar, mas não vi outra saída a não ser abordar você sobre um assunto estranho. — Sua voz saía com dificuldade, como se ela não quisesse realmente conversar comigo. No entanto, deveria ser urgente, uma vez que ela insistia tanto.

— Ok, e o que é?

— Laura está bem?

— Sim. Por que você me pergunta isso? — Não escondia a minha impaciência em conversar com Teresa, mas estranhei o questionamento, pois as duas viviam juntas; ou seja, se tinha alguém que sabia bastante de Laura, era Teresa.

— Só estou preocupada com ela. — Teresa não demonstrava nervosismo, mas, para mim, ela parecia mais incomodada do que eu. — Eu não quero causar alarde, Nicolas, mas Laura desapareceu.

— Como assim, "desapareceu"?

— Ela desmarcou a nossa última reunião sem justificativa. Não é do feitio dela. Da penúltima vez, até avisou que tinha um compromisso de trabalho, porém comentou que ia me ligar depois e não ligou. E estamos às vésperas do casamento.

— Ela também não comentou nada comigo — disse meio seco e irônico.

— Então, o que pode ser?

— Não faço ideia. — Suspeitava que Laura sustentava com afinco o projeto com Ohana e por isso as duas poderiam estar se encontrando mais do que o normal, mas daí a não comparecer nas reuniões com Teresa, era demais.

Estaria Ohana desviando Laura do nosso casamento?

— Para mim, Laura estava falando com você normalmente. Estou surpreso — declarei.

— Você parece preocupado também — disse Teresa.

— Estou preocupado agora que você ligou. Antes, não estava. Não sei se está acontecendo alguma coisa, mas depois da sua ligação...

— Desculpe, eu não liguei para criar qualquer problema entre vocês. Eu não vou te incomodar mais.

— Espere, Teresa! — tentei me controlar. — Se você quer o bem de Laura, nós estamos do mesmo lado. Prometi a ela que ficaríamos em paz, mas é que eu ando estressado com o trabalho e outras coisas. O que você percebeu em Laura?

— Eu a tenho achado estranha. E isso começou a acontecer depois que ela arrumou essa nova amiga. Ohana, não é isso?

— Você disse Ohana? — questionei, mas tinha escutado bem.

— Sim, por quê?

— Nada, nada. É uma cliente de Laura — contive-me.

— Imagino que deva estar pagando uma bolada. Laura pode estar gostando disso.

— Tenho certeza.

Teresa não parecia convencida. Suas palavras ecoavam em minha mente, e eu me via mergulhado em um turbilhão de pensamentos tumultuados. Será que havia mais nessa história do que ela estava compartilhando? Então um questionamento inquietante começou a se formar em minha cabeça. *Seria possível que Laura e Ohana estivessem envolvidas romanticamente?!* A lembrança da proposta de um trisal, feita por Ohana, voltou a martelar a minha consciência. As peças daquele quebra-cabeça pareciam começar a se encaixar, mas eu relutava em aceitar a plausibilidade de tal situação.

Até onde sabia, Laura nunca dera nenhum indício de tendenciar para o homossexualismo. E minha mente se debateu entre a incredulidade e a angústia diante da possibilidade de ela estar escondendo um relacionamento sexual com Ohana. A distância repentina dela em relação ao casamento ganhava contornos de um possível segredo, e a ideia de que minha noiva pudesse estar compartilhando momentos íntimos com outra pessoa do mesmo sexo era desconcertante para mim. Aquilo seria uma surpresa e tanto. Todavia, hesitei em compartilhar qualquer suspeita que fosse com Teresa. Afinal, eram apenas conjecturas baseadas em fragmentos de informações desconexas. E Teresa não era confiável para mim.

— Teresa, eu não sei o motivo de ela ter sumido. O que posso prometer é conversar com ela quando chegar. Eu vou pedir para ela te telefonar, pode ser?

— Pode ser, sim. Obrigada.
— Só mais uma coisa.
— Pois não?
— Como você soube de Ohana?
— Ora, Laura a trouxe aqui.
— É sério? Vocês três se encontraram?
— Ohana veio aqui no buffet com ela. Eu a conheci, achei muito simpática, mas percebi que Laura estava com a cabeça nas nuvens. Já não era mais a mesma, tão envolvida com o casamento de vocês. E quando ela desmarcou o último encontro e depois não deu mais notícias, achei bem estranho. Então, resolvi perguntar.
— Entendi. Eu não sabia que Ohana tinha ido aí. — Tentei esconder qualquer sentimento que me entregasse. Considerava Teresa uma pessoa astuciosa e eu poderia me comprometer. No entanto, a presença de Ohana complicava as coisas ainda mais. *Não é interessante que Teresa entre mais nessa história. Seria apenas mais uma pessoa nesta bagunça completa.* — Eu vou falar com ela, Teresa! Pode deixar. Ela estava tão animada com a organização da festa de casamento, e agora, faz isso?
— Concordo com você. Me mantenha informada, ok?
Respondi que ok. E desliguei antes dela.

Capítulo 38.

Ao chegar ao apartamento de Laura, encontrei-a na sala, absorta em alguma tarefa em seu notebook. Seu sorriso simples ao me ver não conseguia esconder a inquietação que transparecia em seu olhar. Algo andava acontecendo, eu sabia. Eu tentei responder à sua saudação casual com normalidade.

— Oi, amor. Como foi o seu dia? — perguntou ela, mas algo na sua expressão entregava um desconforto latente.

Percebendo a tensão no ar, decidi abordar diretamente o assunto que pairava entre nós:

— Teresa me ligou. Ela está preocupada com você, Laura. Desmarcou a última reunião e sumiu. O que está acontecendo?

Laura desviou o olhar para o notebook por um momento.

— Eu só ando ocupada demais com o trabalho. Precisava de um tempo para me organizar.

Aquela explicação vaga não me convencia. A presença de Ohana na equação complicava ainda mais as coisas, e era hora de esclarecer as dúvidas.

— É a sua cliente, Ohana?

— O que tem?

— Teresa mencionou que vocês três se encontraram. Por que não me contou?

— E por que haveria? Você sequer quis conhecê-la naquele almoço.

— Não foi isso, tive uma emergência, você sabe. — Meu estômago se contorceu.

— Ok, me desculpe.

— Vocês andam fazendo algo além de trabalhar no projeto da casa dela?

O rosto de Laura assumiu uma expressão tão contraída que temi que se desfizesse em meio à minha pergunta inadvertida. Uma onda de desconforto se instalou entre nós, e a sua resposta tardia apenas ampliou minha apreensão.

Após alguns segundos de silêncio, ela finalmente respondeu, mas suas palavras vagas não fizeram nada para dissipar a sensação de inquietação que pairava na sala:

— Ohana é uma cliente e, agora, uma amiga. Nós nos damos muito bem. Estou a auxiliando em seu projeto, e ela acabou se envolvendo na situação do casamento também.

No entanto, ao ouvir essa explicação, percebi que, embora minha pergunta tivesse sido feita sem muita cerimônia, a resposta evasiva de Laura não me deixara totalmente satisfeito.

Uma sombra de suspeita se desenhava diante dos meus olhos, e eu sentia que havia algo mais que Laura não estava disposta a revelar. As dúvidas de Teresa que me fizeram sucumbir sobre uma possível relação mais profunda entre Laura e Ohana voltaram à minha mente, alimentando a inquietude que crescia a cada momento.

— Laura, precisamos conversar abertamente sobre isso. Teresa está preocupada, e eu também estou. Não podemos deixar que as coisas andem dessa maneira.

— Não estou entendendo nada! Eu apenas faltei a um encontro com Teresa. Para que tanto desespero? Já ligo e remarco com ela.

— Sim, faça isso.

Ela fechou o notebook.

— Até agora, você nem parecia mais se importar com o casamento. Acho que quer continuar do jeito que está. Ou não sente a mesma coisa de antes.

Aquelas palavras sumiram com o ar ao meu redor, especialmente porque elas carregavam a dúvida que Laura tinha após meu desempenho pífio no hotel.

Com o coração ainda apertado, voltei a respirar profundamente e, em um impulso, me ajoelhei diante de Laura.

— Laura, por favor. — Minha voz saiu rouca, carregada de emoção. — Eu amo você, mais do que qualquer coisa neste mundo. Eu não consigo sequer imaginar a ideia de perder você.

Fui sincero. Os olhos de Laura, agora prestes a se encherem de lágrimas, encontraram os meus, mas ela permaneceu em silêncio, esperando que eu continuasse.

— Eu não sou perfeito, longe disso. Tenho meus próprios demônios, meus erros. Mas sempre acreditei na nossa felicidade, no nosso amor. — Novamente inspirei fundo, tentando encontrar as palavras certas, aquelas que poderiam, de alguma forma, consertar qualquer estrago. — Eu sei que é difícil pedir isso, especialmente agora, mas... por favor, não desista de nós, de tudo o que construímos. Estamos com problemas, mas eu prometo que vou lutar por nós, por cada pedaço da nossa história.

A incerteza pairava no ar, e eu esperava que as minhas palavras pudessem, de alguma forma, amenizar a dor. Levantei os olhos para encontrar o olhar dela e vi a hesitação, a angústia, mas também uma centelha de esperança.

— Nicolas, eu... — começou ela, mas as suas palavras pareciam se perder em meio ao turbilhão de sentimentos. E eu não queria deixá-la continuar, com medo do que ela pudesse dizer.

Eu permaneci absorto, torcendo para que a mulher que amava encontrasse um fio de esperança em nosso casamento em seu coração. Então, eu falei sinceramente:

— Não irei mais separar a herança. Não ligo para o que minha mãe deixou para mim. Construiremos tudo juntos, como uma família. Com os nossos filhos.

Laura suspirou, como se tivesse acabado de escutar as duas palavras mais importantes do mundo para ela: família e filhos. Não tinha nada a ver com dinheiro.

E, naquela noite, finalmente fizemos amor e não sexo sem sentido, como fora com Ohana.

Capítulo 39.

Às sete da manhã, meu telefone tocou, interrompendo o silêncio no quarto de Laura. Do outro lado da linha, José Geraldo, em tom urgente, solicitava uma sessão imediata. Ele estava impossibilitado de ir ao consultório e preferia não discutir detalhes pelo telefone. Antes que eu pudesse reagir, José reiterou a promessa que fiz, comprometendo-me a não o abandonar.

Aceitei o pedido e marcamos o encontro em uma hora. Tentei arrancar informações pelo telefone, mas José permaneceu reticente. Disse que a situação era delicada demais para ser discutida ali. Ele mandaria o endereço para o meu celular e desligou.

Despedi-me com um beijo em Laura, que continuava extasiada pela noite anterior. Eu também. Tinha a impressão de que as coisas entre nós voltavam a se encaixar. Ela permaneceu deitada na cama, depois de aceitar meu conselho e marcar um novo encontro com Teresa para aquele mesmo dia. Perguntou se eu iria, e prometi que faria o possível para comparecer daquela vez.

Ao chegar ao local combinado com José, constatei que era um hospital. Eu não havia pisado em um desde a morte de minha mãe.

Lembrei-me das aulas na faculdade, onde havia aprendido que quando um paciente pede a presença do terapeuta em um local fora do consultório, especialmente em um hospital, as notícias não são boas; sugere-se até mesmo uma tentativa de suicídio. No entanto, se José estava bem e me ligando, também indicava que ele estava seguro, no melhor lugar possível para ser socorrido.

Entrei no hospital. Na recepção, ao informar o nome de José, a atendente, já ciente do caso, me encarou com reprovação, o que me deixou intrigado. Segui em direção ao quarto, acelerando o passo. Lá encontrei José, sentado no corredor.

— José, você está aqui fora? — Inclinei-me para colocar a mão em seu ombro. — O que houve? Por que não está no quarto?

— Oi, Nicolas. Você veio mesmo e rápido. É um homem de palavra.

— Eu pensei que você tivesse sofrido um acidente ou se ferido, sei lá. Imaginei que estivesse deitado num leito. O que está acontecendo, José?

— Não é comigo. É com a Luciene!

— Sua esposa? — Sentei-me.

— Sim. É ela quem está aí.

— Luciene está neste quarto? — repeti, apontando para a porta fechada ao lado das cadeiras. José assentiu. — E eu posso entrar?

— Eu acho melhor não. Ela está com uma aparência feia e nem mesmo conhece você. — A calma de José beirava a insanidade. — Bem, pedi que você viesse porque eu não sei quanto tempo ela vai ficar aqui, e acho que a nossa sessão de hoje será a mais importante.

— Então me conte logo o que aconteceu para que eu possa ajudar.

— Tudo bem. Não me condene pelo que fiz, mas ontem eu exagerei com ela. — José baixou o tom da voz. — Você sabe que estávamos fazendo sexo com um certo tempero de violência... ontem eu acertei um soco na cara dela. A pedido dela, diga-se de passagem. E, imediatamente, ela caiu desfalecida.

— José, o que...

— Não me condene, eu insisto! — interrompeu-me. — Sei que tínhamos combinado que eu não perderia a cabeça e te telefonaria. Eu me assustei, limpei o sangue e tentei acordá-la, mas não deu certo. Então coloquei-a no carro e trouxe ela aqui. O médico disse que, dos males o menor, parece que ela está bem, que não vai precisar de uma cirurgia no nariz.

— Cirurgia?! Como você pôde fazer uma coisa dessas, José?! — repreendi, tentando me manter no controle. Aquilo era inadmissível.

— Nós estávamos transando, Nicolas. Você entende, não é? Ela pedia, e eu fazia! Ela pedia mais e eu fazia mais!

— Mas por que não tentou se controlar? Não deu um tapa, sei lá, em outra parte do corpo, nas nádegas, como outras pessoas fazem.

— Isso não funciona para nós. Estamos em outro momento.

— E o que vai ser daqui para frente?

— Essas coisas são estranhas. Estávamos mais unidos do que nunca. É justo atrapalhar o que estamos vivendo?

Eu escutava tudo que José dizia, mas não conseguia compactuar com aquilo. Havia um perigo real e imediato que eu não poderia deixar de lado: agressões como estas poderiam se tornar mais intensas a cada oportunidade. Ele poderia... matá-la.

Então, tive uma ideia simples, mas que poderia se mostrar bastante eficiente:

— À princípio, faremos o seguinte: quando Luciene se recuperar, vae mos considerar uma terapia de casal com uma terapeuta que conheço. Quero que vocês trabalhem um ponto de limite. Que um ajude o outro. Afinal, vocês estão nessa unidos. — Puxei rapidamente o celular do bolso e enviei o telefone de Bia Cabral para José. — Quero que, assim que saírem daqui, José, vocês marquem uma consulta com ela.

— Tudo bem.

— Vamos começar por aí.

— Se você diz... mas eu posso te fazer uma pergunta meio filosófica?

— Claro.

— Você disse que é preciso que a gente encontre o nosso limite, não é? Pois bem, qual é o limite para uma mulher, Nicolas? Na sua opinião, é claro. — Ele ficou atento pela minha resposta. Mas antes que eu pudesse anunciá-la, ele continuou: — Você disse que é noivo, não?

— Sim.

— Pois bem, então me responda como puder: com a experiência que você tem, qual é o limite para uma mulher? Pense na sua noiva.

— Não vejo problemas sérios com ela nesse sentido.

— Bem, Nicolas, então em qualquer outra mulher que lhe vier à cabeça.

— Uma... amante? — disse, sem querer.

— Perfeito — José comentou.

Automaticamente me senti acuado e visivelmente abalado quando a imagem de Ohana surgiu em minha mente.

Ohana? Qual será o limite de Ohana?

— Responda, Nicolas — continuou José. — Não precisa pensar muito.

— Eu não... eu não sei como poderia responder.

— Bingo! Entendeu, Nicolas? É disso que estamos falando. Esta é a minha pergunta de um milhão de dólares.

Ohana! O nome dela ecoava na minha cabeça, como se José soubesse do meu drama envolvendo duas mulheres que se conheciam e estavam intimamente ligadas a mim. *Laura-Ohana! Ohana-Laura!*

Tentei sair desse transe e me concentrar mais em José. Ele não sabia de nada. Eu estava delirando.

— Você, por acaso, seria capaz de responder? — indaguei, ou melhor, devolvi a pergunta para ele.

— Em qual dos casos? — questionou José.

— Como assim?

— Seria o limite para uma esposa ou uma amante?

— Digamos que para uma amante — disse, relutante.

— Bem, uma mulher que se envolve com alguém comprometido parece desejar o amado exatamente por não o ter, não é? Se ela estivesse em um relacionamento oficial, a dinâmica mudaria, passando de amante para namorada ou esposa. Podemos dizer que há um anseio por algo que está fora de seu alcance, concorda? Quanto aos limites, parece que não existem; afinal, ela parte do pressuposto de que não tem nada a perder. É como se fosse um assaltante confrontando alguém rico e próspero... se ele não tem nada, e o outro tem, por que parar a tentativa?

— Estou entendendo.

— Uma amante, Nicolas, parece ter todas as vantagens ao seu favor, já que não está comprometida com nenhum relacionamento formal. Se o sentimento for intenso, eu ousaria dizer que ela seguiria em frente, mesmo diante de desafios extremos. Arriscaria dizer que, para ela, a escolha estaria entre ir até o fim, independentemente das consequências, ou alcançar a conquista desejada. Concorda?

— Bem, mas vamos lá: se você diz que uma amante não vai parar, o que se pode fazer com ela? Quer dizer, se ela não tem o amor da sua vida e daria a vida para tê-lo, o que ela poderia fazer se ele não a quisesse, por exemplo? — Tive a sensação de que a sessão já não existia mais.

— Ora, ora, vejo que você ficou empolgado com o assunto. Quer continuar a conversar? — José parou para olhar em volta. — Olha, Nicolas, estamos num hospital, conversando há muito tempo e, até agora, ninguém chamou a nossa atenção. Não é curioso? Acho que eles sabem que você veio me atender e que é meu terapeuta.

— A atendente da recepção lá embaixo sabe — respondi.

— Eu estou te questionando porque disse que precisamos encontrar um limite. Quando você diz que o limite é para nós dois, eu concordo com você. Mas e quando o limite é só para elas? Quer dizer, uma mulher solitária e enlouquecidamente apaixonada... qual será o seu limite? Não é curioso? Acho que quando uma mulher tem o coração partido, nada é capaz de segurá-la. Ou ela se entrega ou vai até o final.

— O que quer dizer?

— Que ela não tem nada a perder, como já disse. Eu não consigo imaginar o que é ter uma mulher assim atrás de mim. Uma mulher apaixonada é capaz de tudo. Fará tudo que estiver ao seu alcance. O limite é a morte de um deles ou a conquista. Com a conquista, ela deixa de ser amante e se torna a mulher para ele.

— E pelo que você optaria?

— Sinceramente, eu preferiria a morte.

Não queria mais ouvir aquilo. Pensava em Ohana e parecia interpretar cada coisa que José dizia como se estivesse acontecendo exatamente igual. Eu já pensava no fato de que Ohana pudesse maltratar Laura... e quando José falou sobre morte, a imagem de Laura num caixão correu pela minha cabeça. Controlei-me e tentei desviar de assunto rapidamente.

— José, eu preciso ir embora agora. Mas antes eu quero fazer uma pergunta a você: o que a agressão significou? Como você a interpreta?

— Interpreto como o nosso limite. Eu não quero ver a Luciene machucada mais e gosto da ideia de uma terapia de casal para nos ajudar. Eu não poderia enxergar uma solução melhor.

— Certo.

— Bem, Nicolas, parece que o nosso acordo termina aqui.

— Se precisar, não pretendo abandoná-lo, José. Mas vocês ficarão em boas mãos com Bia. Você ainda pode continuar as suas sessões individuais quando quiser, ok?

— Está tudo bem. Até mais, Nicolas. E obrigado. — Apertamos as mãos.

Saí do hospital com a cabeça latejando, sem saber se era eu que havia ajudado José ou o inverso. As palavras dele haviam me deixado uma marca indelével. E eu pensava seriamente nas implicações legais que ele teria com o que acabara de fazer, caso alguém no hospital o denunciasse. Nunca entenderiam o pacto que ele fez com a esposa. Mas, nesse ponto, dificilmente eu ajudaria. Teria que ser Luciene a resolver.

Cada rua que eu dirigia parecia um labirinto, e eu me movia através dele sem realmente enxergar. Laura, o casamento, várias promessas... e a terrível imagem de Ohana, que voltava a perseguir os meus pensamentos como uma sombra insistente.

Ao refletir sobre a nossa conversa, não conseguia ignorar a sensação de que José, de alguma forma, tinha conhecimento sobre a intricada teia de relacionamentos em que eu estava envolvido. Sua compreensão, aparentemente profunda sobre o amor, as traições e os limites, havia lançado uma sombra de dúvida sobre qualquer resto de estabilidade que eu imaginava ter. Mas era apenas uma impressão. O assunto começara como uma simples coincidência, mas inesperadamente tinha desenvolvido para algo que se assemelhava a um conselho. Daqueles que vêm em boa hora.

O dilema apresentado por ele persistia, ecoando como uma pergunta sem resposta. *Escolher entre a morte e a conquista.* A ideia de sacrificar a minha própria vida para preservar o bem-estar de Laura pairava na minha cabeça como algo possível e até interessante.

Depois de uma noite de reconciliação com Laura, a minha mente voltara a ficar tumultuada. *O que eu estou fazendo com a minha noiva?* Agora eu a enganava todo o tempo. Eu era um canalha. Já não tinha mais pudor nenhum com o que realizava com ela.

À minha frente, a minha jornada voltara a ficar incerta. O confronto com as próprias escolhas, com as complexidades dos relacionamentos, era uma tempestade que se formava no horizonte, e eu me encontrava no olho desse furacão emocional.

Senti uma nova onda de responsabilidade e temor. *Morte! Morte!* Palavra que não saía da minha casa.

Laura não precisava mais passar por isso. Até que refleti que, se fosse confrontado com uma escolha semelhante sobre vida ou morte envolvendo Ohana, preferiria me sacrificar. Talvez, se eu não existisse mais, Laura e Ohana poderiam seguir as suas vidas.

Capítulo 40.

Na sexta-feira à noite, o meu celular vibrou com uma mensagem.

Oi, doutor! Tenho novidades. Consegui os vídeos secretos que você queria. Posso enviar quando quiser. Encontrei vários deles, mas acho que você vai gostar mais dos vídeos de depoimentos. São fortes, mesmo para mim.

Paulo, meu paciente fantástico, transformara a minha noite patética numa noite repleta de aventuras. Eu assistiria estes vídeos por toda a madrugada, se aguentasse. Resolvi agradecê-lo.

Olá, meu amigo! Eu agradeço imensamente. Você ajudou muito. Entrei em contato com a sua mãe também. Ela me pareceu disposta à terapia. Acho que vamos colher frutos.

Ele respondeu logo:

Doutor, não te contei? Ela já foi ao terapeuta e gostou. Chamou o meu pai para ir e ele topou ir com ela. Na próxima sessão, te conto.

Marquei a mensagem com um coração. Era suficiente para o momento. Sabemos que a adesão a um tratamento psicológico não é algo fácil que acontece da noite para o dia. O que eu entendi neste caso foi que os pais de Paulo deram um primeiro passo, ou seja, se arriscaram um pouco. E isso bastava. Ajudaria o garoto a perceber que ele poderia seguir em frente e que os seus pais também poderiam melhorar. Servia para dar um ânimo inicial a toda a família. A minha parte do acordo tinha dado certo. *Ótimo!* Era hora de vasculhar o conteúdo enviado por ele.

Passei boa parte da noite assistindo aos vídeos. Paulo me surpreendera. Havia alguns que eram visivelmente amadores e até danificados, como filmagens antigas de filmes de categoria B. *Como será que ele conseguiu isso?*

Ao pesquisar sobre os vídeos de incels, notei muito conteúdo ligado à psicologia criminal. E sobre estupros virtuais, depoimentos e entrevistas de relatos cada vez mais macabros. Concentrei-me mais nestes quando o relógio marcava para além da meia-noite. Foi quando voltei aos arquivos de Paulo e avistei uma pasta chamada OHANA. Abri e... *voilá*! Era ela, num vídeo curto, sendo supostamente entrevistada ou dando um depoimento num espaço amplo, com mulheres e homens sentados atrás dela.

Este vídeo não constava na conta dela e, por isso, já era uma novidade.

Iniciei.

"Sou uma mulher machucada e atormentada. Só quem passou pelo que passei, pode entender. Imagens assim não saem da cabeça de uma mulher."

Ohana falava para um microfone apoiado em cima de uma mesa. Estava de pé e era como se palestrasse, embora não fosse. Na verdade, descobri, em seguida, que estava sendo entrevistada por um homem. Ele pediu que ela contasse a sua história. E foi o que ela fez.

"Eu posso falar... quer dizer... se vai ajudar outras pessoas. Eu era apaixonada por um jovem quando era mais nova. Éramos crianças, quando tudo começou. É uma coisa que acontece com todo mundo e, comigo, não foi diferente. Ele morava na mesma rua e nós brincávamos como duas crianças inocentes. Brincamos a infância inteira e crescemos como adolescentes normais. E, mesmo adolescentes, éramos como unha e carne, não desgrudávamos. É comum, ao chegar na adolescência, que crianças unidas se afastem, principalmente menino e menina. Seguem caminhos diferentes. Mas não aconteceu com a gente."

Hum...

"Estávamos destinados a ficar juntos. Eu conhecia a sua mãe, e ele, os meus pais. E eu sabia que ele gostava de mim, assim como eu gostava dele. Nada podia dar errado. Então, na adolescência, continuamos juntos, conversando, jogando, indo em festas e frequentando a casa um do outro. Para se ter uma ideia, eu assistia filmes na casa dele e ele na minha."

O entrevistador interrompeu e perguntou se eles haviam se envolvido. Ela continuou:

"Sim, foi quando tudo avançou muito rápido. Nos beijamos e continuamos ficando. E foi aí que ele... errou!"

Errei?!

"Ele descobriu que eu gostava muito dele. E nós sabemos que, quando um homem descobre isso, passa a esnobar. Ele contou vantagem."

O quê?!

"Este é um péssimo hábito masculino. Depois ele se afastou. A verdade é que eu não me interessei de verdade por mais ninguém. Por fim, afastamos e perdemos o contato. Eu o procurei, mas não achei."

Mentira...

"Fui atrás de outros. Encontrei um homem na internet que... bem.. ele me estuprou! Estupro virtual. Ele pediu que eu tirasse a roupa na frente do computador e eu fiz. Ele tirou uma foto ou gravou, sei lá, e depois ameaçou de mostrar para os meus pais e postar na internet. Ele disse que eu nunca mais poderia estudar ou trabalhar."

Ela foi manipulada por um cara na internet.

Neste ponto, Ohana despejou tudo sem interrupção:

"Ele pedia sempre que eu tirasse a roupa e fizesse poses. Eu estava acabada, derrotada. Eu toparia qualquer coisa que um homem me pedisse. Apesar de desconfiar dele, eu fazia tudo que ele mandava. Meus pais nunca desconfiaram. Ele não se mostrava, usava máscara. Um dia, pediu que comprasse uma gilete e foi quando eu me cortei pela primeira vez. Pensei em procurar um psiquiatra, eu não estava bem, mas o prazer foi tanto que eu continuei. Era doentio! Ele passou a sugerir que eu tirasse a roupa e passasse a gilete no corpo, como se fosse depilar. Na hora, pareceu prazeroso, porque a dor física sobrepõe à dor da angústia. Você sabe que está fazendo algo errado e se pune por isso. Esta é a sensação. Eu fiz muitas vezes até que contei a um amigo que me disse que era errado. Foi aí que caiu a ficha! Quem se corta ou se cortou, sabe do que eu estou falando. A dor física não é nada perto da dor emocional. Eu sentia alívio e fazia mais. Pensar no garoto por quem eu sempre fui apaixonada e que me abandonou, deixou uma sequela; uma ferida que não fechava. Ficou um buraco, uma dor no estômago. Eu me cortei como punição também, eu acho. Quer dizer, se ele não me quis, era porque talvez eu não fosse suficiente para ele. Eu me senti... horrível. Cortei-me diversas vezes e escondi os machucados com roupa. Estupro virtual. É uma dor imensa estar preso a uma pessoa do seu passado, assim como estar presa a uma pessoa que tem as suas fotos pelada e cortada. Tremenda bobagem que eu tenho que consertar! Por fim, encontrei um grupo de meninos e meninas, todos tímidos, que se autointitulavam incels e que tinham dificuldade de se relacionar. A ajuda foi mútua! As mulheres ensinavam a eles sobre elas, e eles nos ensinavam sobre os homens."

Neste ponto, pensei que Ohana poderia ser uma mulher doente, que havia criado uma fixação comigo na juventude, então havia se jogado em coisas arriscadas e que não eram normais para outras mulheres. Só havia essa explicação.

O entrevistador perguntou se eles não se envolviam e ela respondeu:

"Nunca! Esta é a beleza deles. Eles eram muito respeitadores. Nos Estados Unidos, há histórias de garotos que mataram as garotas que os rejeitaram. Coisas assim. E os incels ficaram rotulados por isso. Mas eu acho que eles apenas querem conversar. Ninguém do nosso grupo brincava com o outro sobre sexo. Falávamos sério. Tínhamos foco. Queríamos conquistar a pessoa que a gente amava. Mirávamos nisso. Era genuíno."

O entrevistador questionou se o menino da infância dela era o seu alvo e ela disse que sim. Depois, perguntou o nome dele e ela respondeu:

"Nicolas! Por causa dele, a minha vida foi alterada por completo. Fui estuprada porque ele não estava comigo. E a vida dele foi alterada também. Somos destinados um para o outro e vou tê-lo para consertar o rumo das nossas histórias. Ninguém deveria perder a pessoa amada. É injusto. Nós nos veremos de novo e eu já sei o que fazer. Eu aprendi. Fiquei machucada por muito tempo, mas estou de volta."

O entrevistador agradeceu o depoimento, e Ohana pareceu voltar ao seu lugar. Parei o vídeo.

Fiquei perplexo por alguns minutos. A madrugada silenciosa amplificava minha sensibilidade. José, meu paciente, veio à cabeça. Ele estava certo sobre a dualidade entre a morte e a conquista para quem está obcecado por outra pessoa. Ohana havia construído uma fantasia sobre mim em sua mente e parecia decidida a não desistir. O que teria acontecido com ela? Era uma jovem encantadora; talvez pudéssemos ter ficado juntos, mas... não aconteceu. E agora, ela me culpava por toda a sua infelicidade no amor. *Será que não foi feliz porque a machuquei? Mas eu era apenas um garoto na época. Por que ela não procurou a ajuda de um terapeuta? Ela deve ter se isolado. Mais tarde, foi vítima de um ato terrível. Que horror!* Quer dizer, inicialmente, eu a havia rejeitado naquele dia, ela se abalara, fora estuprada virtualmente e buscou vingança de volta à origem. Quando ela compartilhou a intimidade comigo, me envolveu profundamente em sua causa, e era assim que eu me encontrava hoje. Eu era o primeiro, o gatilho dessa complexa sequência de eventos.

A minha decisão estava tomada. Eu sabia o que tinha que fazer.

Mas, antes, eu precisava tirar Laura de cena.

Capítulo 41.

Estacionei o carro no local do cerimonial e permaneci lá por alguns minutos. Tentei encontrar alguma serenidade antes de ver Laura outra vez. Com o ar-condicionado ligado, os vidros fechados e o som desligado, sabia que precisava do momento certo para confessar tudo o que acontecera entre Ohana e eu, e não passaria de hoje. E mesmo que Teresa estivesse presente, não me abnegaria. Eu já não tinha mais nenhum impedimento para me revelar.

Ao sair do carro, subi a rampa de acesso e entrei pela porta da frente. Inicialmente não vi ninguém, mas sabia que as reuniões geralmente aconteciam no escritório de Teresa. Chegando lá, deparei-me com Laura e a terrível cadeira dura e vazia, ao seu lado. Teresa estava sentada à frente. Imaginei que a cadeira vaga seria para mim. No entanto, para a minha surpresa, avistei Ohana saindo do banheiro no exato momento da minha chegada.

— O que é isso?! — expus, surpreendido e quase gritando.

— Oi, amor! Que susto! — disse Laura após se virar para trás. — Você veio!

— O que ela está fazendo aqui?! — Apontei para Ohana, incapaz de esconder meu nervosismo.

— O que foi? — Laura olhava para mim, para Ohana e para Teresa, como se buscasse alguma explicação. Ohana, ainda na porta do banheiro, evitava me encarar, avançando vagarosamente em direção à cadeira vazia perto de Laura. Teresa permanecia imóvel, com o cenho franzido. Laura continuou: — Por que está gritando, amor?! Por que está assim? Você está me assustando.

— Laura, o que você está fazendo com Ohana aqui na nossa reunião?

— Eu a convidei, ora — disse Laura. — E a convidei também para ser a nossa madrinha de casamento. Foi de última hora, eu ia te falar.

— E eu aceitei, Nico — completou Ohana.

Foi quando Teresa se manifestou pela primeira vez:

— "Nico"? Até parece que vocês dois se conhecem — disse, voltando-se para Ohana e eu, sem, a princípio, perceber a gravidade do que havia insinuado. A Teresa de antes, que havia me telefonado, preocupada, já não estava mais na minha frente. Devia ter ficado feliz com o retorno de Laura, e pouco se importava se com a companhia de Ohana. O seu negócio era o casamento.

— Eu os apresentei no restaurante... — Laura iniciou o diálogo com Teresa, porém, logo caiu em si. — Espere aí... vocês já se conheciam antes?

— Laura, eu posso conversar com você lá fora, por favor? — Tentei puxá-la pelo braço. Todavia, Laura o puxou de volta, desvencilhando-se de mim, e fez questão de falar alto, talvez prenunciando que algo ruim estava prestes a acontecer:

— O que está havendo aqui?! Meu Deus, eu estou ficando nervosa, Nicolas! E você, Ohana, não vai dizer nada?!

— Vamos conversar lá fora, por favor! — repeti o meu pedido. — Eu prometo que conto tudo que está acontecendo, mas vamos sair daqui.

— Eu não quero! — Laura já estava de pé enquanto Teresa tentava acalmá-la, segurando-a pelas mãos. — Se quiser falar, fale aqui na frente de todo mundo.

— Pois bem, Laura — continuei —, eu tenho uma confissão a fazer! Ohana e eu nos conhecemos há muitos anos. Éramos amigos de infância e de adolescência. Isso justifica, mais ou menos, o fato de você me dizer que ela mora na rua da minha mãe e eu não ter achado estranho.

Laura olhava para Ohana, como se não acreditasse no que estava ouvindo. Ou já previa o que eu fosse contar. Era possível imaginar que ela já sabia onde aquilo iria parar, certamente porque eu nunca exprimira uma feição como a que possuía agora.

Prossegui, com dor e peso nas palavras:

— Nós nos encontramos por acaso na rua há pouco tempo. Logo nos reconhecemos. Quando éramos mais jovens, tivemos um breve relacionamento. Mas, agora, quando nos encontramos novamente, nós... quer dizer, eu...

— Conte logo! — Laura exigiu.

— Nós fomos para um hotel, Laura. O mesmo hotel que eu fui com você! — despejei as palavras como se não conseguisse mais evitar apertar o gatilho de uma pistola agarrada à minha cabeça. *Talvez seja essa a minha morte!*

Eu olhava agora para Laura, que estava perplexa e completamente decepcionada. E sentia uma profunda tristeza, pois sabia que ela iria sofrer muito. Entretanto, ao mesmo tempo, eu sentia alívio, pois não precisaria mais jogar as cartas sujas de Ohana.

— Nós saímos primeiro para conversar, mas, depois, nós nos envolvemos. Não tenho desculpas para te dar e você não tem culpa de nada. Eu me segurei bastante para lhe contar. Nós estávamos prestes a casar, as coisas foram se atrasando e Ohana surgiu de repente. Eu me perdi. — Então, decidi não livrar também a barra de Ohana: — Não sei se ela gosta ou não do seu trabalho, mas acho que estava apenas te manipulando para me afetar, para ficar presente na minha vida. Existem mais coisas sobre ela que descobri, mas não quero falar agora.

Laura parecia fria como uma esfinge. Corriam pelo seu rosto as primeiras lágrimas de muitas que ainda viriam a correr. Teresa, atrás dela, segurava os ombros e não me olhava no rosto. E eu não conseguia olhar para Ohana. Era como se agulhas fossem atravessar os meus olhos a qualquer instante se fizesse isso. Mas eu percebia que ela permanecia silenciosa. Silenciosa como a alma fria de uma psicopata.

Não parei de me abrir:

— Eu nunca idealizei uma vida com Ohana. Quero que você saiba disso. Ela surgiu como uma amiga do passado e nos envolvemos por uma noite apenas. Sinta-se à vontade para fazer o que quiser. Eu...

— Você foi um canalha, cara — disse Laura, agora sem aumentar a voz. Ela parecia tão anestesiada que seu timbre estava contido. — Tudo isso dá nojo, é repugnante.

Foi quando Ohana se pronunciou pela primeira vez:

— Eu preciso dizer que, na verdade, também sou a vítima aqui. Ele foi o culpado de nos manipular... quer dizer, é nobre ele vir aqui e abrir o jogo com você, mas ele te iludiu, assim como fez comigo há anos. Por Deus, eu não tenho nada contra você.

— Cale a boca, sua vagabunda! — Laura apontou o dedo para o rosto de Ohana, inclinando-se como se fosse partir para cima dela. Teresa a segurou mais forte pelos ombros e sussurrou em seu ouvido:

— Não vale a pena, querida. Não vale a pena.

Ohana sentiu o baque, mas eu duvidava que não estivesse, de certa forma, feliz por dentro. Pegou a sua bolsa e saiu rapidamente, sem nem olhar para trás. Enquanto isso, eu não me mexia. Estava me sentindo leve por ter contado tudo, mas, ao mesmo tempo, completamente dissecado por dentro. Era um corpo em que o coração não batia mais.

Teresa, a prima solidária, tentava encontrar as palavras certas para confortar Laura, mas o silêncio de minha noiva predominava. Cada pequeno gesto era cuidadoso, como quem anda sobre vidro quebrado, evitando causar mais feridas. Com os olhos marejados, Laura devia estar ainda absorvendo a verdade que acabara de descobrir, e certamente seu coração estava fragmentado em minúsculos pedaços. Até que levantou o olhar dormente para a sua prima e perguntou:

— Posso dormir com você esta noite? Na sua casa?

— Claro, prima! Nem precisava pedir — respondeu Teresa.

Entendi o recado. Devia buscar as minhas coisas no apartamento de Laura enquanto ela não estivesse lá, pois eu havia me transformado em um intruso em seu lar.

— Eu sinto muito, Laura. Por tudo. Mas se você ainda puder me dar uma nova chance, depois de pensar — disse, por fim.

Não esperei por uma resposta. Saí pelo mesmo trajeto pelo qual entrara.

O que restava agora era encarar o caminho solitário que as minhas ações haviam provocado.

Capítulo 42.

O apartamento de Laura permanecia imerso em uma atmosfera densa. As lembranças de tudo que havia acontecido pulsavam em cada canto. O lar, que um dia fora sinônimo de amor e de promessas, agora abrigava a dor da traição e da desilusão, tudo por minha culpa. A atmosfera era de silêncio, como se até a mais simples palavra tivesse se esgotado diante da situação. Nem mesmo a frase de Laura dita no sonambulismo, daquela vez, fazia mais sentido para mim.

Naquele instante, eu apenas imaginava que Teresa, em seus gestos e murmúrios suaves, tentava consolar Laura, cujas respostas deviam ser as mais escassas possíveis. E eu ali, sem nenhum apoio.

Nesse momento, duas possibilidades dançavam em minha mente.

A primeira consistia em telefonar para Laura numa atitude impulsiva, querendo causar um impacto, uma espécie de protesto desesperado para que ela pedisse que eu ficasse. Era uma ação egoísta, reconhecia, mas naquele instante, a desesperança se traduzia em medidas drásticas. A segunda alternativa era mais positiva, mais sincera e menos centrada em mim. Consistia em partir rapidamente para recomeçar a minha vida daquele ponto, o mais breve possível.

Meu objetivo era claro: tomar uma decisão que refletisse, ao menos, um pouco de maturidade emocional. Então optei por ir diretamente ao quarto. Enchi duas malas com roupas e estacionei-as no chão, diante do sofá. Depois devolveria aquelas malas para Laura, deixando-as na portaria. E, sozinho, senti vontade de me desculpar num ato de autopiedade e escrevi um bilhete com as seguintes palavras:

"Mais uma vez, peço desculpas. Reconheço que coloquei você, Laura, em situações perigosas com a presença de Ohana, e por isso, sou responsável por tudo. Vou sair da sua vida, para não ser um empecilho. Peço desculpas também a você, Teresa, alguém que critiquei injustamente. Laura sempre falou bem de você, algo que eu relutava em aceitar. Eu devia ter sido mais humilde."

Ao fechar a porta do apartamento, a sensação de vazio interior continuou me acompanhando. Deixei as chaves debaixo do capacho. Desci as escadas do prédio, preferindo a pressa da escada à demora do elevador. Carregando duas malas, cada degrau parecia ser uma forma de autopenitencia. No entanto, à medida que avançava, a melancolia crescia: o coração pulsava, as mãos formigavam, a língua ressecava, e os reflexos de náusea surgiam.

Chegando ao carro, antes de ligar o motor, olhei uma última vez para o prédio que, por meses, fora meu lar temporário. Uma onda de nostalgia me atingiu, mas era preciso seguir em frente. Precisava voltar para meu apartamento alugado.

No primeiro semáforo, lembrei de Bernardo. Abri o aplicativo de mensagens e, segurando o microfone, gravei: "Bernardo, desculpe o áudio, mas não estou bem. Laura e eu terminamos. Estou saindo do apartamento dela e indo para meu apartamento. Não quero conversar agora, mas o casamento parece ter terminado. Sendo assim, pode dar andamento no inventário. Logo nos falamos. Por favor, não me ligue agora. Preciso pensar".

Não sei exatamente por quê, mas ter mandado a mensagem para Bera nardo me trouxe um alívio momentâneo. Antes de chegar ao meu apartamento, passei por alguns bares, considerando a ideia de beber para distrair a mente. Mas entre fazer aquilo e descansar em casa, a necessidade de um banho e uma cama gritou mais alto na minha cabeça.

Uma pena não ter mais a minha mãe para desabafar.

Capítulo 43.

Enquanto aguardava a consulta de Bia, meu olhar percorreu a sala de espera, observando os quadros pendurados nas paredes, onde estavam apenas eu e a recepcionista. Uma coleção de obras que remetiam à angústia, em uma semelhança notável com a série *O Grito*, de Edvard Munch. Figuras aflitas, expressando tormento através de gestos, mãos erguidas ou olhos cobertos. A escolha da decoração era intrigante. *Isso não afeta negativamente os pacientes que aguardam para entrar? Alguém, ao observar essas imagens, não se sente impactado de maneira desfavorável?* Ao pensar estas coisas, fui fisgado repentinamente por uma saudade avassaladora de Laura, aprofundando o meu desconforto.

O desassossego me instigou a levantar, ir até o corredor de fora e ficar andando naquele pequeno espaço. Comecei a dar voltas obsessivas para conter a minha ansiedade. A recepcionista me observava pela porta aberta, mas nada dizia. Eu não aguentava mais e sucumbi à urgência de me comunicar com Laura. Ao pegar o celular, liguei para ela, mas não tive sucesso. A falta de resposta amplificou o meu estado de inquietude. Optei por enviar uma mensagem expressando o desejo de conversar, mas Laura não estava online, e a minha mensagem permaneceu ignorada.

Mesmo que ela a leia, não creio que vá responder!

Até que a recepcionista me chamou e disse que eu podia entrar no consultório.

Quase invadi o lugar.

— Tudo bem, Nicolas? — Bia me cumprimentou.

Fiz que não com a cabeça e logo me acomodei no divã. Aguardei um momento para que ela também se acomodasse em sua poltrona.

— Bia, eu preciso de ajuda! Laura e eu não estamos mais juntos... eu contei tudo para ela... me abri e deixei o apartamento dela. Estou perdido! — despejei.

Então resumi tudo o que aconteceu naquele dia, nas presenças de Laura, Ohana e Teresa. Bia, com serenidade, questionou a minha expectativa sobre uma possível reconciliação com Laura.

— Eu não tenho mais o que fazer.

— Se sente bem por ter contado tudo para ela?

— Sinto alívio e tristeza. Eu não queria ter traído ela.

— Imagino que sim.

— Eu confessei tudo, Bia! O que mais posso fazer? — A minha

ansiedade transparecia tanto que eu quase podia moldá-la com as mãos.

— Que tristeza! Eu não consigo imaginar a minha vida longe dela. Quer dizer, passamos tanto tempo juntos e... a pretensão de casar... eu não sei... eu não estou pensando direito.

Bia explorou a minha experiência, buscando entender o meu estado emocional.

— Voltei para o meu apartamento alugado. Estou lá desde que nos separamos. Não conversei mais nada com ela.

— Tem que dar mais tempo para ela.

— Sim.

— E Ohana?

— Não a encontrei também. Não a vejo desde o dia em que contei tudo no cerimonial.

— Parece que você queria passar tudo a limpo mesmo.

— Esta era a ideia. Eu tinha aprovado o que você me disse aqui, da última vez. Tinha muitas pontas soltas e... era isso. Foi bom que todas estavam presentes e puderam ouvir da minha boca. No começo, chamei Laura para fora, mas veio a calhar continuarmos lá, jogar a merda no ventilador de uma só vez.

— Chegou a valer a pena.

— Sim, chegou! Mas tenho mais a falar, Bia. Eu vim por outro motivo também.

— E qual seria?

— Eu gostaria que você assumisse os meus pacientes.

— Como é? — Bia não parecia esperar por esta declaração.

— Eu gostaria de encaminhar os meus pacientes para você. Eu já recomendei um deles, o José Geraldo. Não me sinto à vontade para atendê-los agora e eles precisam consideravelmente de um acompanhamento.

— E você o que vai fazer?

— Nenhuma besteira. Mas quero me afastar um pouco. Quero dar um tempo. Não estou com cabeça para ajudar ninguém. Quer dizer, eu tenho uma herança para receber e... eu poderia parar um pouquinho, para descansar.

— Não é uma má ideia. No entanto, eu não quero assumir os seus pacientes. Você está tomando uma atitude de cabeça quente, precipitada. Neste caso, é melhor que você não se desfaça dos pacientes. Que diga a eles que terá que se ausentar por problemas de saúde, mas que logo retornará aos atendimentos. Não renegue a boa clínica que está construindo. Parar por um período breve é algo saudável. Quando faço isso, aviso aos meus pacientes que estou à disposição, caso necessitem. Ou seja, mesmo que esteja de férias, deixo que eles mandem mensagens contando algo importante e respondo. E, se houver necessidade, faço um atendimento online, de onde estiver.

— Sim.

— A vida não acaba por causa de um fim de relacionamento. A sua não está nas mãos de Laura. Pelo contrário, está nas suas mãos e eu não posso permitir que você se perca agora.

— Vou fazer o que você diz.

— Laura não é a sua dona, Nicolas. O fato de você ter errado não faz dela a sua mestra. Siga a sua vida e deixe que ela se decida.

— Eu já mandei mensagem e...

— Talvez seja melhor não mandar mais. A sua vida não passa exclusivamente pela decisão dela. Laura é importante, mas é parte, não a totalidade. Enquanto segue a sua vida, você pode dar um tempo no consultório, informando aos seus pacientes que entrem em contato em caso de urgência.

O tom de Bia conseguiu aliviar um pouco o clima pesado que me envolvia, me tirou um peso das minhas costas e me fez sentir mais vivo. Aceitei as suas palavras e concordei. Era hora de assumir a responsabilidade, não só sobre a minha vida pessoal, mas também sobre o meu trabalho.

Decidi seguir o conselho de Bia. Não enviaria mais mensagens para Laura. Ela já sabia o que era melhor para ela. O tempo, como Bia ressaltou, era necessário para todos.

Ao chegar em casa, respirei fundo. Uma sensação de alívio começava a se instalar. Era hora de enfrentar as consequências, aprender com os erros e, principalmente, focar em meu bem-estar. A vida continuava, e eu estava determinado a seguir em frente, independentemente de qualquer coisa.

Lembrei-me das palavras de Bia: "Sua vida não está nas mãos de Laura, Nicolas". Essa frase retumbou em minha mente, trazendo uma perspectiva libertadora.

Eu era o autor da minha história, e cabia a mim decidir os próximos capítulos.

Capítulo 44.

Passaram-se sete longos dias, dias que se arrastavam como sombras inquietas. Não voltei ao cartório na data prevista para a minha união com Laura e não liguei para nenhum convidado. Fábio e Sávio já estavam cientes, e presumi que Teresa fosse desfazer todos os convites de casamento, ou seja, avisar a todos os outros. Já eu, não queria ver ninguém. Minha mente oscilava entre altos e baixos, como se eu fosse uma personificação extrema de bom-humor, ora mergulhado na força de vontade, ora afogado em depressão profunda. E foi nesse cenário de desassossego que algo inesperado aconteceu: Laura, após dias e dias de silêncio, decidiu me procurar. Ela queria conversar. Eu estava no meu apartamento, mas ela não queria ir até ele. Aceitei o convite para um encontro num bar no centro da cidade.

A espera foi insuportável, então, antecipei a minha chegada e pedi uma cerveja. O álcool, meu ansiolítico improvisado, começou a exercer a sua eficácia, trazendo uma calma momentânea para o caos de ansiedade e medo que reinava dentro de mim. Quando estava na segunda garrafa, Laura finalmente apareceu. O encontro foi marcado por uma troca de cumprimentos secos e sorrisos vazios.

— Como você está? — ela perguntou sem querer pedir nada para o garçom. Isso denotava que a conversa seria breve.

— Eu estou bem. Dentro do possível. Fiz uma pausa no trabalho.

— Uma pausa?

— Sim. Conversei com a Bia e quis dar um tempo no consultório para ajeitar as coisas. Quero descansar um pouco. Foi tudo tão pesado.

— Mas você não vai parar...

— Não. Tirei férias e agora sou um homem disponível. — Tentei quebrar o gelo fazendo um comentário engraçado. Não deu muito certo.

— Bem, Nicolas... Aproveitei bastante a companhia de Teresa. Eu conversei muito com a minha prima, refleti por dias e dias, e queria te falar uma coisa: eu não vou continuar com você.

Mesmo que estivesse mais calmo, a notícia me atingiu como um raio. Não senti vontade de chorar, mas também não conseguia explicar o motivo, pois a sensação era péssima. O vazio interno que me assombrava nos últimos dias se expandiu. Meu corpo parecia passar por uma metástase de angústia. Pensei que não conseguiria, mas, por algum milagre, mantive-me firme. A imagem de Bia veio à minha mente, e a força que senti durante a consulta com ela reapareceu como um suporte que me impediu de cair. Bia era uma espécie de muleta do bem, e eu consegui me sustentar sem, em nenhum momento, desabar.

Laura continuou explicando as suas razões, as suas dores, e eu, mesmo sem saber ao certo o que dizer, permaneci inalterado. Suas palavras eram como o bálsamo que eu precisava para aceitar o inevitável. A vida que imaginávamos juntos havia desmoronado, e era mesmo hora de seguir adiante. Ainda assim, preferi dizer:

— Eu não queria isso.

— Sinto muito.

— Não. Não peça desculpas. Eu sei o que fiz.

— Eu realmente tentei pensar numa possibilidade de continuarmos juntos, mas a pancada foi forte demais. Toda essa história me machucou muito.

— E você tem razão.

— Acho que termino gostando de você. Mas a minha vida é mais importante.

— É bom e ruim ouvir isso.

— Nicolas, eu não sinto tanta raiva mais... — ela olhou para os lados enquanto falava de forma atabalhoada. — Eu não sinto raiva nem de você, nem de mim. Não estou bem, claro. Mas não é o fim do mundo. Pensando melhor, hoje eu acho que vivemos uma ilusão com este casamento e que não era o momento para ele acontecer. Talvez o adiamento no cartório tenha sido um sinal. Acho que nós nos perdemos no meio dessa confusão toda. Foi melhor. Não seríamos felizes juntos.

— Eu continuo sem saber o que dizer...

— Quanto a Ohana — Laura prosseguiu —, eu liguei para ela.

— Sério?

— Sim, eu queria esclarecer tudo. Consegui conversar com ela de maneira civilizada. Trocamos palavras civilizadas. É claro que não desejo conviver com ela, muito menos ser mais a sua arquiteta, mas eu precisava resolver a situação como um todo. Expliquei que, de certa forma, foi melhor do jeito que aconteceu. Quer dizer, pelo menos não me casei, não me comprometi, e agora estou livre para viver a vida que eu quiser. Cheguei até a agradecê-la, acredita? — Laura falava sem interrupções, e tudo começava a fazer sentido. — Hoje, Nicolas, também não sinto raiva dela, sabe? Sinto pena. Enxergo-a como alguém que precisa de tratamento, assim como os seus pacientes.

— E não é mentira. Eu descobri algumas coisas sobre ela... algo sobre ela ser de um grupo incel...

— Por favor, pare. Eu não quero saber sobre isso. — Laura fez um sinal de mão espalmada levantada e desviou o olhar.

Ela estava certa. Não havia mais motivos.

— Entendo. Bem, é uma grande surpresa, realmente. Posso dizer até que conversar com Ohana é um sinal de grande maturidade da sua parte. Mas você... você realmente quer colocar um ponto final na nossa relação? Quer dizer, você está falando como uma pessoa que sobressaiu-se bem diante de tudo que...

— Eu vim me despedir, Nicolas. — Laura pegou rapidamente na minha mão, mas logo a soltou.

— Bem, então acho que é aqui que a gente se despede — disse eu. Levantei-me e abracei-a, com um nó gigante na garganta. Depois, fiz o gesto para o garçom, pedindo a conta. Laura ficou imóvel, abraçando o próprio corpo. Vi que precisava liberá-la de uma vez: — Se você encontrar algo meu no seu apartamento, pode deixar na portaria do seu prédio, que eu busco. Só me avise por mensagem.

— Ok! Bem, eu já vou.

Com um aceno de despedida, Laura se afastou, deixando-me sozinho. Por um instante, a certeza de ter tomado a decisão correta trouxe um breve sentimento de fortaleza. Esperava que a nossa conversa refletisse a maturidade que eu desejava. E conseguimos. Eu preferia a verdade do que uma vida falsa ao lado dela.

O garçom, como um mensageiro do cotidiano, trouxe consigo a conta, e eu a liquidei prontamente, encerrando aquele episódio no bar.

Adentrei o meu carro e segui pelas ruas de Belo Horizonte enquanto a luminosidade daquele dia proporcionava uma atmosfera de reflexão. Cada esquina parecia sussurrar a necessidade de clareza e de resolução de todos os problemas. E uma nova ideia tomou forma em minha mente.

Num ímpeto, decidi entrar em contato com a última pessoa para encerrar, como Laura fez, de uma vez por todas, a teia emocional que entrelaçava a minha vida.

Capítulo 45.

Eu já não estava mais tão abalado quanto imaginei que ficaria após o término com Laura. Ela, ao me chamar para uma conversa decisiva, agira com uma maturidade surpreendente. Isso me motivou a buscar Ohana da mesma maneira e dar um ponto final naquele roteiro digno de cinema. No entanto, a ideia de encerrar definitivamente a relação com Ohana trazia também uma pitada de desconforto, sentimento o qual eu não chegava a compreender totalmente.

O café escolhido para o nosso encontro era o mesmo onde, tempos atrás, a chama inicial entre nós começara a arder. Ao adentrar o local, revivi as memórias do primeiro encontro, mas agora estava pronto para encerrar este capítulo.

Cheguei adiantado, como de costume, e enquanto aguardava numa das mesas do lado de fora, pedi uma xícara de café com doce de leite para passar o tempo. As conversas ao redor e o aroma familiar do local aguçavam a nostalgia, mas eu permanecia focado na decisão que estava prestes a tomar.

Mergulhei novamente em questionamentos sobre a minha ansiedade e, ironicamente, atrasos. Ohana, por mensagem, havia informado que tardaria a chegar, despertando uma impaciência momentânea. Contudo, tive muito tempo para resolver esses conflitos internos, pois mais de quarenta minutos se passaram até que o Uber de Ohana finalmente aparecesse.

— Desculpe o atraso! — disse ela, se aproximando apressadamente.

Não me levantei para cumprimentá-la. Ela percebeu. Sentou-se, aparentando decepção e receio com a minha frieza. Talvez um olhar de súplica, que não a tratasse mal.

De repente, vi na minha frente aquela mesma jovem a qual eu fora apaixonado um dia. “Pelos nossos velhos tempos”, era o que ela queria me dizer com os olhos.

— Eu queria muito conversar com você — eu disse.

— Foi um momento complicado aquele no buffet, não foi? — perguntou, encabulada.

— Aconteceu como aconteceu. Eu não aguentava mais. Fui até o buffet de Teresa disposto a me abrir com Laura, só não esperava que você estivesse lá. Mas, refletindo, foi até melhor que testemunhasse toda a cena. Laura não merecia passar por tanto sofrimento. Ela não tem culpa, e eu sinceramente pensei, realmente acreditei, que você poderia machucá-la de alguma forma.

— Eu? Machucá-la? Como você pode pensar isso?

— Ora, você disse que queria ficar comigo... eu estava com Laura... de repente, a contrata para trabalhar na sua casa, sem que eu saiba. Nada mais natural.

— Está certo. Olhando pelo seu lado... Realmente, não agi de forma correta. Mas isso não quer dizer que eu seja uma psicopata.

— Ohana, eu nem sei direito o que estou fazendo, ok? Me desculpe. Mas eu vim aqui por outro motivo.

— E qual é? — Ela se recompôs na cadeira, cruzando as pernas, como se aguardasse que eu a pedisse para ficarmos juntos.

— Eu quero encerrar a nossa história.

— Quer terminar comigo?

— Deus... nós nunca estivemos juntos... como posso terminar com você?

— Nós transamos, e você gostou...

— Sim. Mas foi apenas um momento.

— Nico, você me desvirginou...

— Sim, eu sei.

— ...e agora está solteiro e desimpedido.

— Como você sabe?

— Laura me contou que ia terminar com você. Quer dizer, ela me ligou para resolver tudo e disse que estava decidida.

— Sim, ela me disse que vocês duas conversaram. Laura foi bem madura neste aspecto.

— As mulheres podem surpreender, Nico. Até mesmo a um terapeuta.

Não consegui deixar de rir. Mas logo centrei as minhas palavras:

— Ohana, eu sei que você participava de um grupo incel.

— E daí?

— Eu vi o último vídeo, que você gravou em uma reunião e citou o meu nome. Você falou de estupro...

Ela estreitou os olhos, surpresa. Eu já não me importava em revelar tudo.

— Como você conseguiu isso?

— Com ajuda de uma pessoa.

— Isso é crime, você sabe.

— O que aconteceu exatamente com você?

Ohana descruzou as pernas e suspirou.

— Bem, eu acho que você merece saber.

— Por favor.

— Tentarei resumir. Eu tive muitos problemas e acho que você sabe de todos eles. Fui apaixonada por você, senti que me abandonou; daí me envolvi com alguns homens, mas não deu certo. Cheguei a gostar deste homem pela internet. Conversamos por chats de relacionamento e quando fomos fazer uma *call*, ele estava de máscara. Achei sedutor. Ele disse que tiraria a máscara quando encontrasse a mulher perfeita. Carente, eu caí nessa. Me despi para ele, como se pedisse para se abrir para mim também. Eu acho que suspeitava que, por trás daquela máscara, estava você. Ele tirou fotos minhas, ameaçou, me cortei nas câmeras e enfim... nunca mais o vi. Denunciei-o, mas não fizeram nada. Acho que esta foi a minha última experiência. Depois encontrei um grupo chamado incel, que eram pessoas machucadas por alguém e que juravam conquistá-la, custasse o que custasse. Era bonitinho, pois passávamos o dia conversando uns com os outros, sobre o que os meninos e as meninas gostam. Mas alguns juravam vingança aos que abandonaram. Mas não vi nada relacionado ao que já aconteceu em outros países, de pessoas atirando nas ruas. Só que eu não sabia até onde podia chegar. Eu só pensava no quanto você havia me magoado. Quando me aproximei de Laura e fingi ser uma paciente com o nome dela, foi uma sugestão de um amigo do grupo.

— Você ainda faz parte dele?

— Não. Quer dizer, vou às vezes. É como os Alcoólicos Anônimos, sabe? Você fala das conquistas. Já falei de você lá e que transamos. Fui aplaudida. Uma vez, fui a uma ginecologista, pois estava me sentindo estranha. Ela disse que eu tinha vaginismo. Quer dizer, eu sentia dor ao enfiar o dedo ou absorvente interno e imaginava que a culpa era sua. Minha vagina era sua e de mais ninguém. Eu imaginava que me fechava para todo mundo. Foi incrível quando transamos, pois eu não senti dor. Então, tinha que ser você. E eu faria qualquer coisa. Qualquer coisa mesmo.

Ohana segurou a minha mão por cima da mesa. Melhor, apertou-a com as duas mãos.

— Nico, quero voltar o foco em nós dois. Mesmo noivo, você fez uma escolha, me procurou, ficou comigo. Por mais maluco que seja, você gostou, depois de tantos anos. Como já disse antes, em outras épocas, talvez tivéssemos noivado e até casado. E hoje, nada nos impede.

Fiquei tentado com as palavras de Ohana. Havia muita verdade nelas. Laura tinha acabado de terminar comigo. Eu conhecia Ohana havia muito tempo. *Por que não ficar com ela, mesmo com todo embaraço que ela me causou?*

De uma coisa, não podia duvidar: Ohana gostava muito de mim. Talvez, me amasse como ninguém mais. E eu, agora, estava solteiro. No entanto, percebi que não seria agradável se Laura nos visse em algum lugar. Eu teria que me esconder e...

Meu Deus, o que eu estou pensando?

Racionalmente, Ohana apenas preencheria o vazio deixado por Laura, e, portanto, não funcionaria. Eu precisava continuar a fazer o que estava disposto, isto é, encerrar a relação com Ohana, assim como Laura fez comigo. Depois, quem sabe, começar uma vida nova, livre de todas as amarras que eu mesmo tinha criado.

— Ohana, eu não vou ficar com você — falei diretamente. — Acho melhor que você não me procure mais e que nos afastemos definitivamente.

Ao pronunciar essas palavras, meu incômodo aumentou diante do semblante imóvel de Ohana. Seus olhos, antes vivos e intensos, agora perdiam o brilho característico, revelando uma profundidade emocional difícil de decifrar. Ohana não reagia, era como se estivesse em um estado de ausência, num lugar distante onde eu não conseguia alcançá-la. Era como se, naquele instante, a jovial Ohana houvesse voltado a se transformar na pessoa meticulosa e sádica.

A crescente apreensão tomava conta de mim, temendo que ela estivesse à beira de um surto psicótico. Queria, a todo custo, evitar uma situação em que a normalidade do ambiente fosse subvertida pelo caos de uma crise emocional pública.

Meu principal desejo era simplesmente realinhar a minha vida, me afastar de relacionamentos complicados e criar uma história para mim mesmo. O receio de que a situação pudesse se descontrolar naquele local público agia como um impulso para resolver a conversa de maneira tranquila, antes que as coisas tomassem um rumo imprevisível. No entanto, nada disso ocorreu, muito pelo contrário.

Após uma espera que pareceu uma eternidade, Ohana me surpreendeu. Voltando a si, como quem renasce dos mortos nos filmes de terror, ou talvez como uma Fênix, ela disse:

— Eu tenho uma proposta.

Capítulo 46.

Três meses se passaram desde a formação do grupo terapêutico. Ao observar os demais participantes, Raissa expressou a sua perplexidade com a presença de mulheres no grupo incel.

— Eu não compreendia como uma mulher poderia fazer parte de um grupo assim — disse ela, com seus olhos percorrendo os presentes. — Quero dizer, como uma mulher pode se envolver nisso, não é? Nos incels. Todos sabemos que esses grupos são predominantemente masculinos...

Mariana interrompeu para trazer um pouco de história ao debate, esclarecendo que, originalmente, os incels não eram exclusivos de homens. Lana havia buscado promover encontros entre homens e mulheres que enfrentavam dificuldades para se relacionar.

— Quem é Lana? — perguntou Raissa.

— A criadora da sigla, ora — respondeu Michele, já sabedora da história. — Incel significa "involuntary celibates", ou seja, "celibatários involuntários", e envolve o encontro de homens e de mulheres que não conseguem ter encontros amorosos ou sexuais. O objetivo dessa jovem canadense que fundou os incels era ajudar as pessoas a se relacionarem. Depois ela saiu, mas valeu! Quer dizer, se é involuntário, é porque ninguém se voluntariou a não fazer sexo. Obrigada, Lana!

Eu tentei realinhar a conversa para o foco terapêutico, destacando que o objetivo era promover encontros naquele espaço:

— Então, como temos a intenção de trazer o grupo de volta à ideia original, começamos integrando homens e mulheres. Quer dizer, não precisamos ficar presos nos consultórios, não é mesmo? Então, pensei: se juntássemos todo mundo num grupo só, não estaríamos promovendo um grande encontro?

Numa tentativa de retomar o foco, expliquei que o grupo buscava unir diferentes características e histórias, criando um ambiente inclusivo. Destaquei a diversidade presente, desde jovens até pessoas mais velhas, e mencionei a abertura para novos membros:

— Então, uma mulher chamada Lana criou o grupo incel para que as pessoas pudessem se relacionar. A ideia, por algum motivo, se perdeu, e o nome começou a ficar ligado a homens perturbados com a ideia de se vingarem. Quer dizer, eles entenderam que as mulheres não queriam estar com eles, culparam-nas e, em alguns lugares, principalmente nos Estados Unidos, cometeram crimes bárbaros contra elas. Outro aspecto comum que encontramos foi que algumas pessoas autistas começaram a fazer parte do grupo, como se encontrassem um jeito de melhor se relacionar com pessoas. Então, resolvemos juntar todos aqui para resgatar a ideia inicial, que são pessoas querendo se relacionar com outras, e juntamos também todas as características. Ou seja, aqui temos homens, mulheres e autistas. Temos também pessoas jovens e velhas. Como se não bastasse, ampliamos a nossa ideia e buscamos incels, femcels, radfem e outros grupos que se organizavam isolados. Estou explicando isso tudo novamente porque temos pessoas novas, que chegaram agora e que não sabem a nossa história.

Raissa, se identificando como uma das novas integrantes, compartilhou a sua experiência:

— Eu era uma radfem e era bem radical. Radfem são feministas declaradas que culpam os homens por tudo que eles já fizeram com as mulheres ao longo da história, além de não aceitar pessoas trans, ou seja, homens que se passam por nós ou o contrário, mulheres que se tornam homens. Elas acham um absurdo e uma traição a causa. Enfim, está valendo estar aqui também.

Agradeci a contribuição:

— Obrigado, Raissa.

Mariana explicou outros grupos:

— Os outros, doutor, são mais fáceis e eu posso falar. Os incels eram para todos e passaram a ser exclusivos de homens com ódio de mulheres. Estamos resolvendo isso aqui hoje. Os femcels eram grupos de mulheres, muitas vezes frustradas, sozinhas, que queriam se relacionar e não conseguiam. Eu acho que eu me encaixava aí... mas, enfim... acho que é melhor todo mundo se encaixar, não é? — Mariana fez um sinal com as mãos de dois dedos se penetrando, como se insinuasse um ato sexual. O grupo inteiro riu. Eu também não me contive.

Michele acrescentou mais um termo:

— Tem ainda as oldfemcels. Que são as meninas que estão totalmente fora dos padrões de beleza e, por isso, não arrumam ninguém. Zero!

Então enfatizei o meu compromisso em proporcionar diálogo e união entre todos. O grupo respondeu com uma salva de palmas, evidenciando a conexão e a compreensão que se formava entre eles, tornando-se um espaço onde histórias individuais se entrelaçavam ao coletivo. A diversidade de idades, experiências e perspectivas enriquecia as interações.

Em meio ao burburinho, ficou claro que o grupo estava se transformando em algo mais do que um simples espaço terapêutico. Era uma comunidade em formação, onde amizades, vínculos afetivos e, quem sabe, romances, poderiam florescer. A jornada de cura e de autodescoberta estava apenas começando, e a atmosfera positiva na sala indicava um futuro promissor para todos.

Ainda havia cadeiras vazias, aguardando por mais pessoas que desejassem se juntar ao grupo. A abertura para novos membros permanecia, e eu estava ansioso para testemunhar como aquela comunidade continuaria a se desenvolver.

Enquanto os membros conversavam entre si, olhei para o relógio e percebi que estávamos chegando ao final. Comecei a recolher os meus pertences, sentindo a ausência de alguém na sala.

Concluindo a reunião, agradeci a presença de todos e reiterei o meu compromisso em proporcionar um espaço onde cada indivíduo pudesse buscar o próprio caminho. Neste ponto, lembrava-me das palavras de José. Os membros aplaudiram novamente, reforçando o espírito coletivo que começava a se consolidar.

À medida que todos se dispersavam, senti uma satisfação profunda ao ver que, mesmo diante de desafios e adversidades, eu podia ajudar a transformar tantas vidas. E, entre sorrisos e gestos de apoio, havia a certeza de que aquele grupo estava trilhando um caminho de crescimento conjunto.

Foi quando Ohana finalmente deu as caras, pedindo desculpas pelo atraso. Como sempre.

Eu sorri para ela.

Ohana me lançou um olhar de admiração e de carinho. Depois, abriu um largo sorriso e deu uma piscadela rápida.

E eu respondi com a mesma cumplicidade.

Aponte a câmera do celular para o QR Code abaixo
e conheça mais livros visitando o nosso site.